U0528991

穆旦译文集

查良铮

6

一九五七年于天津。

一九五二年春于芝加哥。

目 次

一八一三年

给娜塔丽亚 …………………………………………… 1
克利特的不幸 ………………………………………… 6

一八一四年

告诗友 ………………………………………………… 7
奥斯加 ………………………………………………… 12
理智和爱情 …………………………………………… 16
给妹妹 ………………………………………………… 18
给一位吸鼻烟的美女 ………………………………… 23
警句 …………………………………………………… 25
哥萨克 ………………………………………………… 26
给 A. M. 葛尔恰科夫公爵 …………………………… 29
经历 …………………………………………………… 31
拉伊莎致维纳斯,并奉以明镜 ……………………… 33
饮酒作乐的学生 ……………………………………… 34
致巴丘希科夫 ………………………………………… 39
给 Н. Г. 罗蒙诺索夫 ………………………………… 43
讥雷布式金 …………………………………………… 45
皇村回忆 ……………………………………………… 46
罗曼斯 ………………………………………………… 54

一八一五年

给娜塔莎	57
小城	59
水和酒	75
给利金尼	76
给巴丘希科夫	79
艾尔巴岛上的拿破仑	81
致普希钦	85
致加利奇	88
梦幻者	91
给一位年轻的女演员	95
忆	98
我的墓铭	100
战死的骑士	101
致德里维格	103
玫瑰	106
"是的,我幸福过"	107
泪珠	108
给 M. A. 德里维格男爵小姐	109
告我的酷评家	111
冯维辛的幽灵	116
安纳克利融的坟墓	128
寄尤金书	130
给一位画家	138

一八一六年

髭须	140

摘自寄 П. А. 维亚谢姆斯基公爵函	143
摘自寄 В. Л. 普希金函	144
梦	146
对奥茄辽娃即兴而作	154
窗	155
致茹科夫斯基	156
秋天的早晨	161
真理	163
讥普契科娃	164
哀歌	165
月亮	166
歌者	168
致梦神	169
恋人的话	170
心愿	171
给友人	172
欢乐	173
给玛霞	174
祝饮之杯	175
安纳克利融的金盏	177
给席席珂夫	179
醒	181

一八一七年

致卡维林	182
给一位年轻的寡妇	183
给德里维格	185
给 В. Л. 普希金	187
给 А. М. 葛尔恰科夫公爵	189

题纪念册……192
题伊里切夫斯基纪念册……193
给同学们……195
医院壁上题辞……197
题普希钦纪念册……198
别离……199
题卡维林的肖像……200
梦景……201
她……202
"再见了,忠实的树林"……203
致奥茄辽娃……204
给屠格涅夫……205
给——……207
"未曾踏出国门"……208
自由颂……209
给克利夫左夫……214

一八一三——一八一七年

老人……215
给黛利亚……216
黛利亚……218
酒窖……219
包打听……221
园亭题记……222
讥诗人之死……223
你的和我的……224

一八一八年

"几时你能再握这只手"……225

病愈	226
给茹科夫斯基	228
题茹科夫斯基肖像	229
给梦幻者	230
致 Н. Я. 蒲留斯科娃	231
给俄国史的作者	233
给葛利金娜郡主	234
童话	235
给一个媚人精	237
致恰达耶夫	239

一八一九年

咏斯杜尔扎	241
多丽达	242
给 N. N.	243
给奥尔洛夫	245
致谢尔宾宁	247
乡村	250
告家神	253
女水妖	254
未完成的画	257
独处	258
欢快的筵席	259
给伏谢渥罗斯基	260
皇村	263
"在附近山谷后"	264
柏拉图主义	266
给茹科夫斯基的短笺	268
给托尔斯泰的四行诗节	269

再生	271
致葛尔恰科夫公爵函	272
"一切是幻影"	274
"亲爱的朋友"	275
歌谣	276

一八二〇年

给多丽达	278
"我性喜战斗"	279
咏科洛索娃	280
给尤列夫	281
"白昼的明灯熄灭了"	283
"唉,为什么她要焕发"	285
致——	286
"我毫不惋惜你"	287
"我看见了亚细亚"	288
给卡拉乔治的女儿	289
题维亚谢姆斯基肖像	290
黑色的披肩	291
讥卡钦诺夫斯基	293
警句	294
警句	295
海的女神	296
"成卷的白云"	297

一八一七——一八二〇年

给丽拉	298
诗匠小史	299

命名日	300
题索斯尼兹卡娅的纪念册	301
咏阿拉克切耶夫	302
忠告	303
你和我	304
善良的人	306
题恰达耶夫肖像	307

一八二一年

陆地和海洋	308
镜前的美人	309
缪斯	310
"我耗尽了我自己的愿望"	311
战争	312
给德里维格	314
寄格涅吉屈函摘	316
匕首	318
"是否总是这些圆拱"	320
警句	321
给 B. Л. 达维多夫	322
少女	325
给卡杰宁	326
咏我的墨水瓶	327
给恰达耶夫	331
"谁看过那地方"	335
戴奥妮亚	337
给普希钦将军	338
"我就要沉默了"	339
"我的朋友,我已经忘了逝去的"	340

青年的坟墓	*341*
拿破仑	*343*
"希腊的女儿"	*348*
致奥维德	*349*
征兆	*353*
讥卡钦诺夫斯基	*354*
给一个卖弄风情的女人	*355*
给友人	*357*
给阿列克谢耶夫	*358*
第十诫	*360*
警句	*361*
献诗	*362*
"要是你对温柔的美人"	*364*
给邓尼斯·达维多夫	*365*
献辞	*366*
"塔达拉什卡爱上您"	*367*
"最后一次了"	*368*

一八二二年

给巴拉邓斯基	*369*
给友人	*370*
贤明的奥列格之歌	*373*
给 В. Ф. 拉耶夫斯基	*378*
给一个希腊女郎	*380*
摘自寄 Я. Н. 托尔斯泰函	*382*
给 В. Ф. 拉耶夫斯基	*384*
给书刊审查官的一封信	*387*
给一个异国女郎	*393*
"令人神往的昔日底知己"	*394*

给 Ф. Н. 格林卡	396
给阿捷里	398
囚徒	399
讥 А. А. 达维多娃	400
讥兰诺夫	401
警句	402

一八二三年

小鸟	403
"今天我一早"	404
怨言	405
"翻腾的浪花"	406
夜	407
"大海的勇敢的舟子"	408
摘自致维格里函	409
"狡狯的魔鬼"	411
"当我年幼的时候"	413
恶魔	414
"你可会饶恕"	416
"我是荒原上自由底播种者"	418
给 М. А. 葛利金娜郡主	419
生命的驿车	420
摘自致 В. П. 葛尔恰科夫函	421
给 М. Е. 艾赫费尔德	422
"我们的心是多么顽固"	423

前　言

　　早在五十年代中期，良铮就先后翻译了普希金的主要作品，其中包括《普希金抒情诗一集》和《普希金抒情诗二集》，由上海新文艺出版社于一九五七年出版。

　　其后二十年间，良铮继续以介绍优秀外国诗歌为己任。长夜孤灯，他在翻译拜伦巨著《唐璜》的同时，又增补修订普希金抒情诗共四百余首，总为一集。

　　译诗本是一桩吃力而难得讨好的工作，译普希金的诗就更加如此了。译诗是不可能十全十美的。幸好良铮精通俄语，熟谙俄罗斯文学，尤其难得的是，译者本人也是一位卓越的抒情诗人。自然，这并不是说，这些译诗必然是"无懈可击"的。假如译者今天还在人间，他一定会欢迎朋友们对译文提出这样那样的意见，进行商榷。为了使译者生前经过多年锤炼而译出的这本诗集能够完整地同读者见面，我们在整理遗稿的时候，无意妄加改动。我们希望把这本诗集作为良铮留下的宝贵文学遗产的一部分，呈献给他毕生热爱的祖国和人民。相信深情的读者自会作出公正的论断的。

巫宁坤
一九八一年于北京

一八一三年

给娜塔丽亚① 1813

> 为什么我不敢把它说明?
> 玛尔戈最合我的胃口。

好,连我也清楚知道了,
丘必特②是怎样的一只鸟;
这热情的心感到沉迷,
我得承认——我也在热恋!
幸福的日子已经飞去;
这以前,不知爱情的重担,
我只是生活而又歌唱,
无论在剧院,在舞乐厅中,
在游乐或是在舞会上,
我只像轻风一般飞翔;
并且,为了对爱神嘲讽,
我还把可爱的异性
可笑地描画过一番,
但这嘲讽啊,岂非枉然?
我终于也掉进了情网,

---

① 娜塔丽亚是 B. B. 托尔斯泰在皇村的剧院中的农奴女演员。题辞摘自法国作家肖德尔罗·德·拉克罗的《致玛尔戈书简》(一七七四年),其中对国王宠爱杜巴丽侯爵夫人加以嘲讽。普希金引用它以示娜塔丽亚出身寒微。
② 丘必特,希腊神话中的爱神,他是一个有翅的,手执羽箭的神童。

连我,唉,也爱得发狂。
讥笑,自由,——都抛在脑后,
凯图①吗,我已经退休,
而今我成了——赛拉东②!
一看到娜塔丽亚的秀丽
赛过侍奉塔利亚③的美女,
丘必特就射进我的心中!

所以,娜塔丽亚,我承认,
我心里满是你的情影,
这还是初次,让我害羞说,
女人的美迷住我的魂灵。
一整天,无论怎样消磨,
你总是占据在我心里;
夜降临了,——也只有你
我看见在虚幻的梦乡;
我看见,仿佛穿着云裳,
可爱的人儿和我在一起;
她那怯懦而甜蜜的呼吸,
那洁白的胸脯的颤动,
洁白得胜过了白雪,
还有那半睁半闭的眼睛,
那幽幽不明的静静的夜——
啊,这一切多使人激动!……
仿佛我独自和她交谈,
我看见了……纯洁的百合,

---

① 凯图,纪元前一世纪的罗马政治家和禁欲主义哲学家。诗人戏比自己。
② 赛拉东,多愁善感的人,原为法国作家尤尔菲的小说《阿斯垂》(一六一七年)中的主人公。
③ 塔利亚,司喜剧的女神。

不禁颤栗,苦恼,沉默……
我醒来……只有一片幽暗
拥聚在我孤寂的床前!
我深深地叹一口气:
那倦慵的黑眼睛的梦,
唉,已经展开翅膀飞去。
我的热情燃烧得更凶,
每过一刻,折磨人的爱情
就使我变得更为疲弱。
我的脑中总在追求什么,
但有什么用?从没有男人
肯把意愿对女人明说,
反而这样或那样掩遮。
我呢——却想把心事说明。

一切恋人意愿的东西
甚至连自己也不知道;
这种怪癖真令我惊奇!
我却愿意裹着外套,
斜戴着紧箍的小帽,
趁天色昏黑,像菲里蒙
握着安妞达的柔软的手①,
一面说明爱情的苦痛,
一面就把她拥为己有!
我但愿:你像是娜左拉②,
以温存的目光把我挽留,
或者我像小巧的罗金娜

---

① 菲里蒙和安妞达是阿伯列西莫夫的歌剧《磨坊主——吹牛骗人的魔法师》中的角色。
② 娜左拉是沙宁的歌剧《被愚弄的守财奴》中的女角。

所爱的白发的奥倍肯①,
那被命运遗弃的老人
戴着假发,披着宽大斗篷,
以他鲁莽的、火热的手
在雪白的柔胸上抚摸……
我愿望……但一海相隔,
我却不会在海上行走,
尽管我爱你爱得发疯,
但我们既然不能聚首,
我的一切想望有什么用?

然而,娜塔丽亚!你还不知
谁是你温柔的赛拉东,
你不明白,为什么甚至
连希望我都不敢怀一丝,
娜塔丽亚啊,我还要解释:

我不是后宫的所有主②,
不是土耳其人,或黑奴。
猜我是懂礼的中国人
或美洲的生番也错误。
别以为我也是德国佬,
手拿啤酒杯,头戴着尖帽,
手卷的纸烟总不离嘴。
别以为我是个骠骑兵
手执长刀,头顶着钢盔,
我可不爱战争的喧声,
我不能为了亚当犯过罪,

---

① 罗金娜和奥倍肯是法国作家博马舍的戏剧《西维尔的理发匠》中的人物。
② 指土耳其苏丹。

就把刀剑和斧重压在手中。

"那么你是谁,絮叨的恋人?"
看啊,请看那高耸的院墙,
它飘下寂静底永恒的暗影,
请看那紧锁着的门窗,
其中只有幽灯在放明……
娜塔丽亚啊,我……是苦修僧①!

---

① 在中学时代的诗中,普希金常将自己戏比为苦修僧,将学校比作寺院。

克利特的不幸　　1813

特列佳科夫斯基的子孙克利特①
写着六音步的诗,对抑扬格②充满怒火;
据他说,这单纯的音步破坏了一切,
它既妨碍诗思,又使诗人的火焰冷却。
关于这,我不敢争辩;且让他咒骂无辜:
抑扬格冷却了诗匠,他会冻结六音步。

---

① 克利特指诗人的中学同学和好友 B. K. 久赫里别克尔,他是普希金经常嘲弄的对象。特列佳科夫斯基是俄国十八世纪诗人,著有长诗《蒂列马赫颂》,公认为是平庸而沉闷的。
② 六音步和抑扬格都是诗律的格式。

一八一四年

告 诗 友[①] 1814

阿里斯特!连你也挤来侍奉巴纳斯[②]!
你竟想驾驭顽强不驯的彼加斯[③];
为了桂冠,你跑上了危险的途径,
你居然敢和严刻的批评交锋!

阿里斯特:相信我吧,放下你的笔,
忘掉那凄凉的坟墓、树林和小溪;
别在冰冷的歌曲中燃烧着爱情,
快下来吧,免得你跌下了高峰!
就是没有你,诗人也总是够多的;
他们印出诗——世人紧接着忘记。
也许,就在此刻,远离尘世的喧嚣,
和愚蠢的缪斯结了永生的友好,
在敏诺娃[④]平静的荫护下,隐藏着
另一部《蒂列马赫颂》[⑤]的另一个作者。

[①] 这是普希金生平发表的第一篇作品,一说是写给他的中学好友 B.K.久赫里别克尔(1797—1840)的,另一说是写给"座谈会"派的诗人,他们经常是卡拉姆金派讽刺的对象。"阿里斯特"是喜剧中常使用的名字。
[②] 巴纳斯山,和赫利孔山一样,希腊神话指为太阳神阿波罗居住的地方。
[③] 彼加斯,希腊神话中有翅的马,象征诗的灵感。
[④] 敏诺娃,罗马神话中司智慧和艺术的女神。"在敏诺娃的荫护下"通常指"在学校中"。
[⑤] 《蒂列马赫颂》是 B.K.特列佳科夫斯基的枯燥的史诗。

你该怕那没脑筋的诗人的命运,
他们成堆的诗行活要我们的命!
后世给诗人的贡奉很合情理:
宾得山①上有桂花,但那里也有荆棘。
别惹上臭名吧!——假如阿波罗②听见
连你也想爬上赫利孔山,那怎么办?
假如他轻蔑地摇摇蓬松的头,
把救人的藤鞭当作你天才的报酬?

但那怎样?你皱着眉头想要回答;
"请原谅吧,"你对我说,"不要多废话;
当我决定了什么,我就绝不灰心,
要知道,我命运不济,才拿起竖琴。
就让举世批评我吧,随它高兴,
不管它怒吼,詈骂,我是把诗人当定。"

阿里斯特:诗人并不只是凑韵律,
尽管你拿笔乱涂,用纸毫不吝惜。
要写好诗可不像维特根斯泰因③
战胜法国人似的那么得心应手。
固然狄米特里耶夫、杰尔查文④、
罗蒙诺索夫⑤,罗斯不朽的歌者和骄矜,
既促进健全的理性,又给我们教导,
可是,有多少书啊刚一出生就死掉!
凑韵托夫、伯爵弗夫的轰响的诗篇

---

① 宾得山,希腊山名。象征诗国。
② 阿波罗,希腊神话中的太阳神,诗歌和音乐的保护者。
③ 维特根斯泰因(1768—1842),是参加击败拿破仑之役的俄国将军。
④ 狄米特里耶夫(1760—1837),俄国诗人。杰尔查文(1743—1816),俄国诗人,著有《致费丽察》等颂诗。
⑤ 罗蒙诺索夫(1711—1776),俄国文学家和科学家。

和沉闷的比布罗斯在书铺里腐烂①,
谁还记得他们?没人看那些胡话,
阿波罗的诅咒在他们身上印下。

假定说:你幸运地爬上了宾得山,
又公正地得到一个诗人的头衔,
大家读你的作品,都感到满意。
好,是否你猜想:那时候冲着你
财宝就源源而来,只为你是诗人,
那时候你就可以包收国家的税金;
铁柜里储藏着金币,你侧身躺着
就可以安安静静地养神和吃喝?
亲爱的朋友,作家可不这么有钱;
命运既不给他们大理石的宫殿,
也不给他们把金条装满铁箱;
地下的陋室,高楼顶上的堆房——
这就是他们辉煌的宫殿和居室。
人人颂扬诗人,但养活他的只有杂志,
幸运女神的车轮总驰过他而不顾。
卢梭②赤身而来,又赤身走进坟墓;
卡门斯③和贫民伙睡在一张床上,
柯斯特罗夫④在顶楼里孤寂地死亡:
是陌生人的手把他送进了坟墓。
声名只是梦;他们的生活是一串痛苦。

---

① 凑韵托夫、伯爵弗夫、比布罗斯是普希金起的三个绰号,戏指"俄国文学爱好者座谈会"中的三个写诗的人 С.А.西林斯基—西赫玛托夫、Д.И.赫瓦斯托夫伯爵和 С.С.鲍布罗夫。
② 让·巴蒂斯特·卢梭(1670—1741),法国抒情诗人,鞋匠之子,他死于流放和贫困中。
③ 卡门斯(1524—1580),葡萄牙诗人,死在救济院中。
④ 柯斯特罗夫(1750—1796),俄国诗人,一生贫困。

现在，你好像开始有点顾虑和踌躇。
你说："为什么把一切说得这样刻毒？
我们可以好好地谈论诗呀，然而
你挑剔一切就像再世的久文纳尔①。
既然你和巴纳斯的姊妹②起了争吵，
为什么又使用诗行来把我教导？
你可精神正常？我对你有什么办法？"
阿里斯特，别多说了，这就是我的回答：

我记得在乡间，一个年老的牧师
头发花白了，心满意足而且正直，
他在纯朴的俗人中和善地过活，
很久以来，人说他是第一名智者。
有一次，他参加婚礼，喝了几大杯，
傍晚的时候走出来，有几分醉；
恰巧在路上，他碰见了几个农夫。
这些傻瓜对他说："喂，请了，神父，
你告诫我们罪人，说喝酒不好，
你老是教我们保持清醒的头脑，
我们信了你；可是，今天你自己怎么……"
"听着我的吧，"牧师对那些庄稼汉说，
"我在教堂里传道，你们遵照去作，
你们活得很好，可是——可不要学我。"

现在，我也要用这句话对你来答复，
是的，我不想改正自己，一点也不：
谁要是对诗没有嗜好，那才够幸福，

---

① 久文纳尔(60—130)，罗马讽刺诗人，他的诗尖刻地讽刺了当时罗马社会的罪恶和风习。
② "巴纳斯的姊妹"指缪斯，一共是九个女神，司诗歌，音乐，艺术等。巴纳斯是缪斯的圣地(有一个山头奉献给阿波罗)。

他过着平静的一生,没有思虑和痛苦;
他不必给杂志压上自己的颂诗,
或者为了即兴诗,作几星期的苦思!
他不喜欢在巴纳斯的高峰上散步;
纯洁的缪斯、烈性的彼加斯都不追逐;
拉玛珂夫①拿起笔来不会使他吃惊:
他平静而快乐。阿里斯特啊,他不是诗人。

可是,理讲得够了——我怕使你厌烦,
这讽刺的笔调也许教你难堪。
亲爱的朋友,这就是给你的建议:
你要不要沉默,放下你的芦笛?……
通盘想一想吧,两者随你选择:
著名固然很好,安静更加倍的难得。

---

① 拉玛珂夫,指 П. И. 玛卡洛夫(1765—1804),俄国批评家,属卡拉姆金的一派。

奥 斯 加　1814

在洛尔,在午夜的茫茫雾色中,
一个旅人踉跄着疲倦的脚步
行经过墓石,他倦慵的眼睛
枉然想寻觅一个安然的歇宿。
前面不见洞穴,也不见有渔人
遗留的茅舍在那阴沉的河岸;
远方的密林在风中摇摆,喧响,
月亮隐在云后,晨曦在海里安眠。

他走着;只见在青苔的岩石上
坐一老歌者,啊,那昔日的欢乐;
花白的前额对着喧腾的河水,
他默默无言望着时间的流过。
柳树枝上悬着一柄凹痕的剑,
阴沉的歌者抬起静静的眼睛
望着异乡的游子,怯懦的旅人
吓得打个寒噤,赶快往前躜行。

"站住,站住!"昔日华年的歌者叫道:
"这儿倒下了勇士,请向战灰致敬!
请向酣睡墓中的英勇健儿致敬!"
旅人低下头;他似觉有些幽灵
从岗丘跃出,他们血染的头
骄傲地微笑着,对旅人点了点。
"那边是谁的坟墓?"异乡人问道,

一面用旅杖对歌者指指河岸。

在悬崖下栖息的箭筒和钢盔
在月光下闪着朦胧的光辉。
"唉,这儿是奥斯加",老人感叹说,
"这青年很早就来到墓中安睡。
不过,是他找来的;我曾看见他
如何欢欣地等待最初的交锋,
他从队伍冲出,在战斗中倒下:
安息吧,青年人!你战死得光荣!

"奥斯加少壮时热爱玛尔温娜,
不止一次了,他和她相会谈情,
他们共踏着飘入谷中的月色
和河岸的峥嵘岩壁投下的暗影。
他们的心仿佛互相点燃着,
奥斯加只想着,想着玛尔温娜;
但爱情和幸福的日子飞快地
逝去了,悲哀的夜接着临到他。

"有一次,在冬季的幽凄的夜晚,
奥斯加敲着美丽的少女的门
低声说:'好友!快些,你的爱来了'!
但茅屋静悄悄。他又异常小心
叩门和细听:只有微风的呼哨。
'你可睡了,玛尔温娜?四面黑黝黝,
落雪啦,头发在雾里结成了霜,
听我说呀,玛尔温娜,我的朋友!'

"他第三次叩门,门吱扭地掀动。
他颤栗地走了进去。不幸的人!

他看见什么?玛尔温娜在发抖,
斯维格聂正在她怀中抱紧!
他的眼里沸腾着愤怒的激情,
年轻的恋人只无言地颤抖;
他拔出了剑,但斯维格聂不见了,
啊,这胆小鬼已经趁黑夜溜走!

"玛尔温娜抱住了不幸人的膝,
但他把眼睛闪开。'活吧,'他说,
'活吧,但我已不是你的,我蔑视
变心,我要遗忘,扑灭这情火。'
说完,他默默地迈出她的门槛,
从此被无言的悲思所戕毒——
啊,从此碎落了甜蜜的幻景!
他失去了共鸣的心,变为孤独。

"我曾见这青年人低垂着头,
绝望地、低声地念着玛尔温娜;
就像暗夜笼罩在幽深的海上,
啊,悲伤,阴暗的悲伤笼罩着他。
他匆匆看一眼少年时的友伴,
迟钝的目光已认不出友人;
他逃避宴饮,只寻找僻静的角落,
用孤独来养育他悲哀的感情。

"奥斯加痛苦地过了漫漫一年。
突然战号响!一支剽悍的大军
被神子芬加尔挥入血战的烟尘。
奥斯加听到战讯,就奋不顾身,
他在这儿挥着剑,死亡都奔逃;
他在这儿遍体鳞伤,终于倒在

一堆尸体上——他的手还在找剑，
但永恒的梦已飞临，把勇士覆盖。

"敌人四散逃去——啊，愿英雄安息！
在坟岗四周，一切都寂然无声！
只有时，在凄冷无月的秋夜，
当云雾重重压在高山的顶峰，
能看见一个穿紫色云裳的幽灵
在暗雾中，郁郁地坐在墓石上，
他的佩剑和铠甲还铮铮而鸣，
风吹动的枫树也在幽幽地响。"

理智和爱情　1814

少年达尼斯在追逐多丽达；
"停停，"他叫道，"美人啊，停停；
只要你说'我爱'，我就不再
追赶你了，让维纳斯作证！"
理智说："不要理睬，不要理睬！"
但爱神说："向他说，你真可爱。"

"你真可爱！"牧女重复了一遍，
于是他们心里燃起了爱情；
达尼斯跪在少女的脚下，
多丽达垂下多情的眼睛。
"跑吧！跑吧！"理智直对她叮嘱，
但爱神那骗子却说："留住！"

她留下了。于是幸福的牧童
把她的手握在颤抖的手里。
他说："你看在那菩提树阴下，
有一对鸽子拥抱在一起！"
理智又不断说："跑吧，跑吧！"
"学一学鸽子！"爱神告诉她。

于是柔情的微笑泛过了
美丽少女的火热的嘴唇，
于是她倒在少年的怀里，
眼里充满了缱绻之情……

"愿你幸福！"爱神对她低声说，而理智呢？理智已经沉默。

给妹妹① 1814

珍贵的朋友啊,你愿意
我——这年轻的诗人,
和你在纸上谈一谈心,
并展开幻想底羽翼,
拿起被搁置的竖琴,
离开这孤寂的寺院;
这儿有永不断的平静
悠悠没入一片幽暗,
只有它和沉郁相伴
统治着无声的修道院。
…………

你看我正迅如飞箭
要到涅瓦河边去拥抱
我金色的春天的知交,
就像柳德密拉的歌者②——
那幻想底可爱的俘虏,
我登上祖先的门庭,
要拿给你呀,不是黄金,
我本是贫寒的苦修僧,
只有以一束诗歌相赠。

---

① 本诗是写给诗人的妹妹奥尔茄·赛尔盖耶夫娜·普希金娜的,她和父母当时住在彼得堡,而普希金在皇村中学,并戏比自己为苦修僧。
② 指俄国诗人 B. A. 茹科夫斯基(1783—1852),《柳德密拉》是他的一篇民歌。

我偷偷走进休息间,
尽管拿起笔,但也为难:
啊,我亲爱的妹妹,
我将怎样和你会谈?
我不知道在今晚,
你以什么作为消遣?
是在读卢骚,还是
把让利斯①摆在面前?
或是跟着汉密尔顿②
一起嬉戏,笑个不完?
或随着格雷,汤姆孙③,
浮游于幻想之翼,
到那绿原,去听轻风
正从树林吹入谷中,
而林梢的密叶在低语,
伴以山上泉涧的喧腾?
或者你正把老狮子狗
放在枕上,裹在围巾中,
并且轻轻爱抚着它,
好叫它和梦神相逢?
或者,像是斯维兰娜④,
你正站在涅瓦河上
沉思郁郁地望着远方?
或者,以轻快的手指
你弹着悠扬的钢琴,
使莫扎尔特复生⑤?

---

① 让利斯(1746—1830),法国女小说家,写有许多训世题材的小说。
② 汉密尔顿(1646—1720),法国作家,写有许多东方的神话和故事。
③ 格雷(1716—1771)和汤姆孙(1700—1748),英国诗人,作品富于伤感的情绪。
④ 斯维兰娜,是茹科夫斯基的同名长诗的女主人公。
⑤ 莫扎尔特,十八世纪奥地利作曲家。

或是正在以情歌
仿效皮钦尼和拉莫①？

但无论如何，就这样，
我和你已经在一起。
你的朋友心花怒放，
好像明媚的春光
无言的喜悦在充溢。
分离之苦已被遗忘，
悲哀和厌倦了无痕迹。

唉，但这仅仅是梦想！
我仍是坐在寺院
对着一支暗淡的烛光，
独自和妹妹笔谈。
幽暗的禅房一片寂静，
铁闩紧紧插在门上，
欢乐被寂静监视着，
还有无聊在站岗。
我醒来环顾，只见有
摇晃的床，一张破椅，
盛水的杯子和芦笛。
幻想啊，那不过是你
赐给我幸福的片刻；
是你把我带去啜饮
迷人的希波克林②，
使我在禅房也能欢乐。

---

① 皮钦尼(1728—1800)，意大利作曲家。拉莫(1683—1748)，法国作曲家。
② 希波克林，希腊神话中灵感的泉水。

女神啊,要是没有你,
我不知该怎样生活。
我本习于繁华的梦,
却被命运诱到远方,
又突然处于四面墙中,
像是站在忘川岸上①,
永远被埋葬和幽禁;
栏门在身后吱嘎一响,
大千世界的美景啊
从此和我两茫茫!……
从此,我像个囚人,
望着外界,望着晨光,
即使太阳已经升起,
把金色的光线投进小窗,
我的心还是幽暗的,
它没有一点欢愉。
在黄昏,当天空的光
被暗云冉冉吞食,
我只忧郁地望着夜幕,
叹息又一天的消逝!……
我一面数着念珠,
一面含泪向栏外望去。

然而,时间不断流去了,
石门的闩将会跌落。
英俊的马儿就要
越过山峰,越过山谷,
奔向繁华的彼得堡。
我将离开幽暗的小屋,

---

① 忘川,神话中冥府的河水,人饮其水便忘记生前的一切。

奔向田野和自己的园地,
奔向我快乐的新居;
我将抛开禁锢的僧帽,
甘愿被贬出僧籍,
直投进你的怀抱。

给一位吸鼻烟的美女　　1814

怎么？不见阿穆尔①的玫瑰花束，
　　或傲然躬身的山慈姑，
也不见茉莉、百合、芬芳的铃兰？
　　你岂非对这些很喜爱？
　　以前天天都把它们戴在
　　你那大理石似的胸前？
　　　　　怎么？亲爱的克里门娜啊，
你的嗜好有了多奇怪的变化！……
你不爱闻清晨开放的花朵了，
　　却爱闻有害的、被精制成
　　喷香的粉末的青草！
尽管有白发的教授，在希津根②，
在他那古老的讲座上弯着腰，
一面以深邃的智慧细盯拉丁文，
　　一面咳嗽，用干枯的手
捏一撮烟末猛塞进长鼻子里头；
尽管有年轻的、尖髭须的骠骑兵，
　　在清早，坐在窗前头，
　　吸着海泡石的烟斗，
把白烟连同残留的晨梦往外喷；
是的，尽管有六十高龄的美人
向"优美"告了假，从"爱情"退了休，

---

① 阿穆尔，希腊神话中的爱神。
② 希津根，德国著名的大学。

全凭托盘来支持她的一切娇艳,
因为全身已没有一处不叠皱,
　　她诽谤,祈祷,打呵欠,
也用忠实的鼻烟排遣她的忧愁,——
可是,至于你,美人儿!……啊,但如果
你真爱鼻烟——我倒有个炽热的梦!
　　但愿我变为烟末
　　装在小小的烟盒中,
那我就可以落在你的柔指里,
　　那我就满心欢喜
散落进你那丝衫紧裹的心胸,
甚至……也许……算了,空想也无益!
　　无论怎样都没有用:
　　可恨命运早把我注定了。
　　唉,为什么我不是烟草!……

警　句　1814

阿里斯特保证写一出悲剧，
使全剧场的观众都挥泪如雨，
并且由于怜悯而泣不成声。
　　　好，我们等着他的杰作。
结果呢？我们等到了，——不消说，
那悲剧的分量不可能再加重；
唔，确实，阿里斯特终于写成的，
　　　是一篇最可悯的戏。

哥 萨 克 1814

有一回,在午夜,
 　　一个勇敢的哥萨克
穿过浓雾和幽暗,
 　　悄悄骑马渡过了河。

黑色的小帽歪戴着,
 　　灰尘铺满他的短袄,
手枪插在他的膝前,
 　　腰间垂下一柄军刀。

忠实的马松开缰绳,
 　　缓缓地向前面迈步,
它摆着长长的鬃毛,
 　　没入了幽黑的远处。

前面有两三间茅屋
 　　围在破篱墙的当中,
这里是通向少女的路,
 　　那里伸入茂密的树丛。

"树林里找不着妞儿,"
 　　小伙子邓尼斯想:
"到了黑夜,美人儿
 　　都回到了自己的住房。"

这顿河的哥萨克
　　　踢踢马刺,拉拉缰绳,
于是马儿像飞箭
　　　就向着茅屋蹒行。

月亮躲在白云后面,
　　　遥远的天空照得雪亮;
在窗前,悒悒地坐着
　　　年轻俊俏的姑娘。

小伙子看见美丽的少女,
　　　他的心跳个不停,
马儿静静地左转,左转,
　　　终于在窗下站定。

"月亮已经藏起来啦,
　　　夜晚是多么漆黑。
出来吧,小爱人,快点,
　　　给我的马汲一桶水。"

"不,接近年轻的男人
　　　那多么叫人害怕!
我不敢给马去提水,
　　　我不敢走出自己的家。"

"哎唉,别怕,美人儿,
　　　和你的情郎亲热一下!"
"不,姑娘要提防黑夜。"
　　　"我的欢心!不要害怕!

"听我说,小爱人,别胡想,

快把那虚惊丢开！
你是在浪费黄金的时光，
　　　别害怕啦，我的爱！

"骑上我的快马吧，
　　　咱们去到遥远的地方；
和我一起有的是快乐，
　　　跟着爱人到处是天堂。"

而少女呢，她垂下头，
　　　她压制了内心的颤惊，
怯懦地答应和他出走。
　　　啊，哥萨克真是开心。

马在驰奔，马在飞行，
　　　男的对女的满是爱情；
他忠实了两个礼拜，
　　　第三个礼拜就变了心。

给 A. M. 葛尔恰科夫公爵① 1814

还是让阿波罗所不识的
诗人,那宫廷的哲学家,
向赫赫的权贵,卑恭地
奉献着二百节的颂诗吧;
但我,亲爱的葛尔恰科夫,
可不会像公鸡醒来啼叫,
我不会铺陈浮夸的诗赋,
或者拼凑铿锵的音调,
崇高地、精巧地、狡狯地
歌唱一些无聊的主题;
而且,要想把它改为竖琴
怎么敢呢:我这鹅毛笔!
不,亲爱的公爵啊,不行,
我不想写颂诗向你呈献;
那有什么好,不先测探
渡口深浅,就钻进一片汪洋,
跟在杰尔查文之后飞翔?
现在,我只想为你的命名日
随自己的习性写几句诗。

请问,我应该在这一时
以什么作为友人的祝词?

---

① A. M. 葛尔恰科夫(1798—1883),普希金的中学同学,以后成为国务活动家。本诗是为他的命名日而写的。

是长寿吗,亲爱的公爵?
是子女?是可爱的妻子?
还是财富?飞腾的岁月?
十字和钻石勋章,和光荣?
我可要预祝你为荣耀
吸引到血战的途程,
头上桂花与冠冕并丽,
手掌发出战场的雷鸣,
而胜利时时追随着你
像追随古昔涅瓦的英雄?
但诗人以这样的小诗
若不能把情欲来歌颂,
他顶好永远遗弃缪斯!
我祷告爱神,但愿你一生
能作伊庇鸠鲁①的养子,
受着阿穆尔和酒神的爱宠。
而彼岸——当斯蒂吉河②
在幽暗的远方对你闪烁,
愿你享尽了情欲的狂欢,
眼里含着甜蜜的倦意,
从年轻的爱神的手里
直跳上恰隆③的幽冥的船,
安息了……叶秀娃④贴在胸前!

---

① 伊庇鸠鲁,古希腊哲学家,主张享受现世的生活。
② 斯蒂吉,冥府的河名。
③ 恰隆,神话中冥府河上的船夫,他把死人的魂载到阴间。
④ 叶秀娃,是叶秀夫将军的年轻的妻子,当时住在皇村。

经　历　1814

尽管有谁以冰冷的理智
能暂时把爱情拦挡，
他并不就是以链子
永远锁住了爱底翅膀。
即使他不欢也不笑，
和严峻的智慧结为友好，
可是，一旦淘气的爱神
叩一叩他的门，他就会
和理智又展开争论，
不自主地打开了心扉。

我自己从切身的经历
感到了这些话的真理。
"一路平安吧！别了，爱情！
我要跟着盲女神①飞翔，
而忘记赫罗娅姑娘。
我要的是幸福，平静！"
我曾这样狂妄地幻想。
可是突然，哈哈一声笑
传到耳边，我四面张望……
爱神在叩我的门了。

不，不！很明显，我无法

---

① 盲女神，指幸福之神。

和爱神吵架,分居过活;
直到现在,老巴尔卡①
还在纺着生命的线索,
就让他主宰我吧!
欢乐——这是我的法则。
一旦死亡打开可怕的墓门,
明亮的眼睛就会阴暗,
到那时啊,再也没有爱神
去轻叩墓穴的门环!

---

① 巴尔卡,古罗马神话的命运之神。

拉伊莎致维纳斯,并奉以明镜①   1814

这是我的镜子:拿去吧,维纳斯,
时光那老叟凌辱不了美底女神,
她将永远美丽,不怕岁月的流逝;
    因为她啊——不是凡人。
    可是我,遵从命运安排,
我已不忍在透明的镜中去窥探
    无论我过去的丰采,
    或是我现在的容颜。

---

①   这是古代拉丁文一首警句的翻译。本诗直接译自伏尔泰的法文。拉伊莎,是古希腊的名妓。维纳斯,是罗马神话中司美与爱的女神。

饮酒作乐的学生① 1814

朋友们！悠闲的时刻到了，
　　一切静谧而安详；
快铺起台布，拿酒盅来！
　　斟呀，金色的酒浆！
在酒杯里冒泡吧，香槟。
　　朋友们！为什么要摆放
康德、辛芮卡、塔齐特，
　　一大本一大本在桌上？
把冰冷的哲人掷到桌下，
　　让我们作角斗场的主人；
把博学的傻瓜掷到桌下！
　　甩开他们，我们才会畅饮。

在台布上，难道能容许
　　一个学生在清醒中？
无论如何，我们得赶快
　　选举出一位大总统：

---

① 本诗是茹科夫斯基《俄国军营中的歌手》一诗的戏仿。据普希钦说，诗人是在学校病院中写成了这首诗。本诗第二节写的是皇村中学拉丁文及俄文教师 А. И. 加里奇(1783—1848)，第三节写诗人 А. А. 德里维格(1798—1831)，他以懒惰和善于讥刺著称；第四节写 А. М. 葛尔恰科夫公爵(1798—1883)；第五节写 И. И. 普希钦(1798—1859)；第六节写某一"寓言写得很糟"的诗人；第七节写 И. В. 马林诺夫斯基(1796—1873)，在中学里号称"哥萨克"；第八节写 Н. А. 科尔沙科夫；第九节写 М. 雅科列夫(1798—1868)，音乐家会奏提琴；最后一节写维里海姆·久赫里别克尔，诗人。

要把喷香的甜酒和"彭式"①
　　　为了奖励,斟倒给醉鬼,
而对你们,斯巴达人啊②,
　　　让他举起一大杯清水!
祝你健康,我的好加利奇,
　　　你主张安乐和与世无争,
作为伊比鸠鲁的兄弟,
　　　你的心寄托在酒杯中。
请把花冠戴在头上,
　　　来充当我们的总统,
这样,就连帝王自己
　　　也将对学生羡慕无穷。

帮一个忙呀,德里维格!
　　　还在睡着?醒来吧,懒人!
这已不是坐在讲台下,
　　　听着拉丁文使你困盹。
看哪,这儿是一圈知己,
　　　玻璃瓶里荡漾着美酒,
为我们的缪斯歌唱吧,
　　　巴纳斯的吊膀子好手。
斟满闲暇之杯,露一手看!
　　　我亲爱的讽刺作家!
写出它成百条警句
　　　向敌人和朋友倾洒!

哦,你呀,漂亮的小伙,
　　　我的浪荡子大人阁下!

---

① "彭式"是以酒、糖和果子露混合的饮料。
② 斯巴达人,是古希腊一城帮的居民,以刻苦禁欲著称。

你是酒神的凶狠的信徒,
　　而且——顶好闭住嘴巴!
虽然我是学生,虽然醉了,
　　对于礼节还知道尊敬,
举起你冒泡的酒杯吧,
　　我祝福你的一场火并。

亲爱的同学,率直的朋友,
　　让我们紧紧握一握手,
让我们把学究的亲戚——
　　把"厌腻"留在杯底里头;
这不是我们第一次共饮,
　　也不止一次彼此争吵,
可是斟满了友情之杯,
　　我们就又言归于好。

哦,还有你,从幼年起
　　你呼吸的一直是欢笑,
你确是个逗趣的诗人,
　　虽然你的寓言写得很糟。
我和你无拘束地交往,
　　我从深心里喜欢你,
把这杯子斟满满的吧——
　　理智吗,去见它的上帝!

还有你,在荒唐鬼中间
　　首屈一指,天生会胡闹,
你啊,胆大妄为的家伙,
　　我真诚的朋友和大炮,
为普拉托夫①的健康,

---

① М. И. 普拉托夫(1751—1818),顿河的哥萨克首领,在对拿破仑的战争中立有功绩。

　　　　摔碎那小酒瓶、高脚杯，
就在哥萨克的帽子里
　　　　倒满"彭式"，喝它一个醉！……

靠近些，我们亲爱的歌手，
　　　　阿波罗所宠爱的诗人！
歌颂那心灵的主宰吧，
　　　　用吉他的悠悠的声音。
啊，在窒闷的胸中流进了
　　　　相思的乐音，多么美妙！……
是否我要为恋情而叹息？
　　　　哪里！喝醉的人只有笑！

要不要，精通的老手罗杰①，
　　　　现在拿起你的破提琴，
为了酒神的合唱队
　　　　轧出一串吱扭的声音？
一起合唱吧，诸位先生，
　　　　唱不连贯有什么要紧；
嘶哑吗？——没有关系，
　　　　对于醉鬼，什么都行！

怎么啦？……我看见一切
　　　　都是两个，酒瓶也成对；
整个屋子都在旋转，
　　　　我的眼前一片昏黑……
你们都在哪儿？我呢？
　　　　告诉我，看在酒神面上……
你们都睡了啊，朋友，

---

① 彼尔·罗杰，当时著名的提琴家和作曲家。

一个个伏在写作本上……
哦,你错当了作家的人!
　　你看来比谁都更清醒;
维里海姆,念你的诗吧,
　　好让我快些昏沉入梦。

致巴丘希科夫① 1814

游戏世间的哲人和歌者,
巴纳斯的幸福的懒人,
你被美神宠爱的娇弱,
可爱的缪斯的知心!
为什么在你的金弦上
沉默了欢乐的歌唱?
啊,年轻的梦幻者,难道你
也和菲伯②终于分离?

你的金色的卷曲的头发
不再戴着芬芳的玫瑰花冠;
在那葱郁的白杨荫下,
你不再手执祝饮的金盏,
对着一群妙龄的女郎
把酒神和爱情歌唱;
你满足于美好的开端,
不再去摘巴纳斯的花朵,
啊,俄国的巴尼③竟已哑然!……
唱吧,年轻人——蒂奥的歌者④
给你灌注了温柔的情热。

---

① K. H. 巴丘希科夫(1787—1855),俄国诗人,对普希金的早期创作有相当影响。
② 菲伯,即太阳神阿波罗之别名,主宰诗歌及艺术等。
③ 巴尼(1753—1814),法国抒情诗人,著有爱情诗等。
④ 指古希腊诗人安纳克利融,以歌唱青春、酒及爱情著称。蒂奥是希腊地名,他的出生地。

丽列达,你妩媚的朋友,
她是你美好时日的欢愉,
对于你啊,爱情的歌手,
爱情就是报酬。还是调起
竖琴来吧。以欢跃的手指
在你那金弦上飞驰,
仿佛春风流过花朵;
请用悄悄的爱情的低语,
请用你的情欲的诗句,
把丽列达召向你的寒舍!
于是在那孤寂的室中,
当夜星泳向遥远的高空
给人间洒下苍白的光辉,
你一面倾听醉人的寂静,
一面流着幸福的热泪,
幸运儿啊,润泽美人的胸。
但是,尽管为爱情而陶醉,
可别忘了柔情的诗神!
有什么胜过幸福的爱情:
一面爱,一面以竖琴歌颂。

在悠闲的时候,当友朋
都来到你的住处聚会,
冒泡的美酒流得喧腾,
从禁闭中争向自由滚沸——
请以嬉戏不羁的诗歌
写出高谈阔论的宾客
如何在席间欢笑,叫嚷,
酒杯如何溢出了白沫,
明亮的玻璃如何碰响。
客人会以碰杯之声配合

他们在嘈杂的合唱中
对你欢乐的诗歌的朗诵。

诗人啊！请任意选择主题！
你也可以像茹科夫斯基①
以轰鸣的琴弦大胆弹唱
血战和战场上可怕的死亡。
你也曾和阵前的死亡相遇，
你啊，陷入了命运之网，
作为俄国人，也曾为荣誉
而倒下，几乎被死之镰刀
收割了去，永远枯凋②……

或者，为久文纳尔所激励，
心中燃起讽刺的烈火，
你无妨吹起嘘人的哨笛，
可以打击和嘲笑罪恶；
如果可能，也可在笑谑中
指出缺点，将我们改正；
但请把特列佳科夫斯基
留给他常被打扰的沉寂。
唉，就是没有他，在现在
无聊的诗人已经够多，
这世上有足够的题材
值得你的笔去高歌！

可是我说这些作什么！……
我这无闻的诗人的芦笛

---

① 茹科夫斯基(1783—1852)，俄国诗人，著有《俄国军营中的歌手》等。
② 谁不知《一八〇七年回忆录》一书？——普希金注

已经不敢将歌儿继续。
别了——但请记住这规劝：
你既然被缪斯所爱宠，
且请燃烧起诗灵的火焰；
既然你，当你被暗箭射中，
并不肯走入地下的家中，
那就忘记尘世的忧郁
而弹唱吧：年轻的纳森①、
爱神和格拉茜②会奖励你，
阿波罗将调理你的竖琴。

---

① 纳森,即罗马诗人奥维德(纪元前43—17),著有《爱的艺术》,以后被罗马皇帝奥古斯达流放。
② 格拉茜,希腊神话中的三个女神,主宰美、优雅和欢乐。

给 Н. Г. 罗蒙诺索夫[①]　1814

你如今也放弃了,我的朋友
这静谧的可靠的港湾,
你快乐地划起自己的小舟,
驶向汹涌的大海的深渊;
"命运"已作了你的舵手,
展翅的桅船一往直前,——
明媚而安详是你的天空,
啊,"幸福"吹拂着你的帆篷。
愿上帝保佑你不致遇到
险恶的气候在附近惊扰,
也不要有狂暴的旋风
在你的舟前使波浪喧腾!
但愿在临近黄昏的时期,
你会平安地泊向彼岸,
并且恬静地在那儿歇息,
和"爱情"与"友谊"永远相伴!
是的,你不会把它们忘记!
可是啊,我的朋友,也许
你我还不会很快地聚首
在那静谧而简陋的幽居,
也许,拿着一杯"彭式"酒
你有时还会把我记起;
等我移进了新居以后,

---

① Н. Г. 罗蒙诺索夫(1798—1875),是普希金中学同学的弟兄。

（永眠，这有谁能够逃避？）
请说一声："天保佑他快乐！
至少，他在世的时候爱过。"

讥雷布式金① 1814

以前,我们古代的英雄
一旦结束了光荣的战争,
就把剑悬在祖居幕帐下;
而今,我们的悲剧家布隆②
结束了墨水之战,却要把
他的一对耳朵高高悬挂。

---

① М.С.雷布式金(1792—1849),卡赞的诗人,他写的悲剧《约安,或卡赞的陷落》曾受到《祖国之子》杂志的批评。他作文答复,但无力。
② 布隆(Бурун),这是普希金给悲剧作者雷布式金的绰号,有"狂暴"之意。

皇村回忆① 1814

沉郁的夜的帷幕
　　悬挂在轻睡的天穹；
山谷和丛林安息在无言的静穆里，
　　远远的树丛堕入雾中。
隐隐听到溪水，潺潺地流进了林荫，
轻轻呼吸的，是叶子上沉睡的微风；
而幽寂的月亮，像是庄严的天鹅
　　在银白的云朵间游泳。

　　瀑布像一串玻璃的珠帘
　　　　从嶙峋的山岩间流下，
在平静的湖中，仙女懒懒地泼溅着
　　　　那微微起伏的浪花；
在远处，一排雄伟的宫殿静静地
倚着一列圆拱，直伸到白云上。
岂不是在这里，世间的神祇自在逍遥？
　　　　这岂非俄国的敏诺娃②的庙堂？

---

① 诗人在皇村中学读书时，由初级班转入高级班要经过考试，这一篇诗作便是教师加利奇给的试题。考试原订在一八一四年十月，以后延期至一八一五年一月八日，当众朗诵自己的作品。有许多宾客前来旁听。普希金预先知道了宾客中有名诗人杰尔查文，便补写了最后两节（以后删去一节）。一八一九年编成文集时，作了一些修改，把歌颂俄皇亚历山大的地方，都删去了。本诗开始几节描写了皇村的实景。

② 敏诺娃，是司智慧、学问和战争的女神。这里指叶卡捷琳娜二世。沙皇经常来皇村休养憩息。

这可不是北国的安乐乡,
　　　　那景色美丽的皇村花园?
　　是在这里,战败雄狮的俄罗斯的巨鹰
　　　　回到恬静的怀里,永远安眠。
　　哦,我们黄金的时代一去而不复返了!
　　想那时,在我们伟大女皇的王笏下,
　　　快乐的俄罗斯曾戴着荣誉的冠冕,
　　　　像在寂静中盛开的花!

　　　在这里,俄国人踏着每一步
　　　　都能够引起往昔的回忆;
　　他只要环顾四周,就会叹息着说:
　　　　"一切已随着女皇逝去!"
　　于是满怀忧思,坐在绿茵的岸上,
　　　他默默无言地倾听着轻风的吹动。
　　逝去的岁月会在他眼前一一掠过,
　　　　赞颂之情也浮上心中。

　　　他会看见:在波涛当中,
　　　　在坚固的、铺满青苔的岩石上,
　　矗立着一个纪念碑,上面蹲踞着
　　　　一只幼鹰,伸展着翅膀①。
　　还有沉重的铁链和雷电的火箭
　　　盘绕着雄伟的石柱,绕了三匝,
　　在柱脚周围,白色的浪头喧响飞溅,
　　　　然后在粼粼的泡沫里歇下。

　　　还有一个朴素的纪念柱

---

① 在皇村湖的小岛上,有叶卡捷琳娜二世建立的一座纪念石柱,纪念名将奥尔洛夫于一七七〇年在海上击败土耳其之役。

　　　　直立在松树的浓荫里。
　　卡古尔河岸啊,它对你是多大的羞辱①!
　　　　我亲爱的祖国,荣誉归于你!
　　哦,俄罗斯的巨人,从战争的阴霾中
　　你们锻炼和成长,你们必然永生!
　　哦,叶卡捷琳娜的友人和亲信,
　　　　世世代代将把你们传颂。

　　　　噢,你战争轰鸣的时代,
　　　　俄罗斯的荣誉的证人!
　　你看见了奥尔洛夫,鲁绵采夫,苏瓦洛夫②,
　　　　斯拉夫的雄赳赳的子孙,
　　怎样用宙斯③的雷攫取了战场的胜利;
　　全世界都为他们勇敢的业绩所震惊。
　　杰尔查文和彼得洛夫在铿锵的竖琴④上
　　　　曾经歌唱过这些英雄。

　　　　可是你去了,难忘的时代!
　　　　另一个时代很快地降临;
　　它看见了新的战争,和战争的恐怖,
　　　　受苦竟成了人类的宿命。
　　恃强不驯的手举起了血腥的宝剑,
　　上面闪耀着帝王的狡猾和莽撞;
　　世界的灾星升起了——很快地燃烧了
　　　　另一场战争的可怕的红光。

---

① 这是另一个石柱,纪念十八世纪俄国名将鲁绵采夫在卡古尔河岸击败土耳其之役。
② 这三人是叶卡捷琳娜二世时代的名将。
③ 宙斯,是希腊神话中的众神之王,司雷。
④ 华西里·彼得洛夫(1736—1799),俄国诗人。

在俄罗斯的广阔的田野
像急流,驰过了敌人的铁骑①。
一片幽暗的草原躺在深沉的梦中,
土地缭绕着血的热气。
和平的村庄和城市腾起黑夜的火,
远远近近,天空披上了赤红的云裳,
茂密的森林掩遮着避难的人民,
锄头生了锈,躺在田野上。

敌人冲撞着——毫无阻拦,
一切破坏了,一切化为灰烬。
别隆娜②的危殆的子孙化为幽灵,
只有结为空灵的大军。
他们或者不断落进幽暗的坟墓,
或者在森林里,在寂静的夜晚游荡……
但有人呐喊!……他们走向雾迷的远方!
听那盔甲和宝剑的声响!……

战栗吧,异国的铁骑!
俄罗斯的子孙开始行进;
无论老少,他们都起来向暴敌袭击,
复仇的火点燃了他们的心。
战栗吧,暴君!你的末日已经近了,
你将会看见:每一个士兵都是英雄;
他们不是取得胜利,就是战死沙场,
为了罗斯,为了庙堂的神圣。

英俊的马儿斗志勃勃,

---

① 指拿破仑入侵俄国。
② 别隆娜,是罗马神话中的战争女神。

山谷里撒满了士兵,
他们一排又一排,为了光荣和复仇,
义愤的火填满了心胸。
他们一齐向着可怕的筵席奔来,
刀剑要求虏获:战斗在山间轰响,
在烟尘弥漫的空中,刀和箭铮鸣,
鲜血溅洒在盾牌上。

敌人败亡,俄罗斯胜利了!
傲慢的高卢①人往回逃窜;
但是,天庭的主宰对这百战的枭雄
还恩赐了最后一线慰安。
我们皓首的将军②还不能在这里
把他降服——噢,波罗金诺血染的战场!
你没有使那高卢人的狼子野心就范,
把他囚进克里姆林③的城墙!……

莫斯科啊,亲爱的乡土!
在我生命的灿烂的黎明,
我在你怀里掷去了多少黄金的时刻,
不知道忧伤和不幸。
啊,你也曾面临我的祖国的仇敌,
鲜血染红了你,火焰也曾把你吞没,
而我却没有牺牲性命为你复仇,
只枉然充满着愤怒的火!

---

① 高卢,是法国古称。此处高卢人指拿破仑。
② 指库图佐夫将军。他率领俄军和拿破仑会战于莫斯科以西的波罗金诺村,获得小胜,即撤至莫斯科。拿破仑驱军直抵莫斯科,终至全军覆没,逃出俄国。
③ 克里姆林,是莫斯科的内城。

莫斯科啊,栉比的高楼!
　　　　我祖国之花而今在哪里?
从前呈现在眼前的壮丽的都城,
　　　　现在不过是一片荒墟;
莫斯科啊,你凄凉的景象使国人震惊!
沙皇和王侯的府邸都已毁灭,消失,
火焚了一切,烟熏暗了金色的圆顶,
　　　　富人的大厦也已倾圮。

　　请看那里,原来是安乐窝,
　　　　周围环绕着树木和亭园,
那里飘浮过桃金娘的清香,菩提树在摇摆,
　　　　现在却只是焦土一片。
在夏天的夜晚,那静谧美妙的时光,
再也没有笑闹的喧声飘过那里,
树林和岸边的灯火再也不灼灼地闪亮,
　　　　一切死了,一切都沉寂。

　　宽怀吧,俄罗斯的皇后城,
　　　　且看那入侵者的灭亡。
今天,造物主的复仇的右手已加在
　　　　他们的傲慢的颈项上。
看啊,敌人在逃窜,连回顾都不敢,
他们的血在雪上流个不停,有如涌泉;
逃啊,——却在暗夜里遇到饥饿和死亡,
　　　　俄罗斯的剑从后面追赶。

　　哦,你们终于被欧罗巴的
　　　　强大的民族吓得战栗,
高卢的强盗!你们也竟跌入坟墓。
　　　　噢,恐怖的、惊人的时期!

你到哪里去了,别隆娜和幸运底宠儿?
你曾经蔑视法理、信仰和真理之声,
你傲慢地想用宝剑推翻所有的皇位,
　　却终于消失了,像清晨的噩梦!

　　俄国人进了巴黎!那复仇的
　　　　火把呢?低头吧,高卢!
可是我看见什么?俄国人和解地微笑,
　　以金色的橄榄作为礼物。
在遥远的地方,战争还在轰响,
莫斯科和北国的草原一样的阴沉,
但他带给敌人的,不是毁灭——是援救,
　　和使大地受益的和平。

　　啊,俄罗斯的灵感的歌手①,
　　　　你歌唱过浩荡的大军,
请在友人的围聚中,以一颗火热的心,
　　再弹起你的铿锵的金琴!
请再以你和谐的声音把英雄们弹唱,
你高贵的琴弦会在人心里拨出火焰;
年轻的战士听着你的战斗的歌颂,
　　他们的心就沸腾,抖颤。

---

① 指杰尔查文。

〔俄〕列宾 作

罗 曼 斯① 1814

阴霾的秋天,临近黄昏,
一个少女在野外踽踽独行,
那不幸的爱情的秘密果实
搂抱在她颤栗的双手中。
山峰和树林:一切静悄悄,
暮色笼罩着安睡的一切;
她恐惧地,以紧张的神色
环视了一下四周的山野。

于是叹了口气,把目光
落在这无辜的婴儿身上……
"你睡吧,孩子,我的苦痛,
你不知道我内心的悲伤;
等你睁开眼睛,你已不再
紧紧贴靠着我的心,
你号啕,可是明天你再也
沾不到你不幸的妈妈的吻。

"你将白白地召唤着她!……
我的罪孽是我永远的羞耻。
你将一世想不起我,
但我却不会把你忘记。

---

① 罗曼斯,即浪漫歌曲。本诗在一八二七年发表后,以流行歌曲的形式流传开,被印在各种歌集中,是普希金最流行的诗歌之一。

陌生人家会把你收留,
而且说:'你不是我们家人!'
你会问:'我的家人在哪里?'
但你却找不到你的双亲。

"唉,我的小天使在别人的
孩子中间,会沉思、痛苦,
他将终生怀着悲哀的心灵
看着母亲对儿女的爱抚。
到处,他都是孑然一身,
落落寡合,诅咒世间的邪恶,
他也将听到残酷的责骂……
那时候啊,请原谅、原谅我!

"也许,你这悲哀的孤儿
会找到父亲,会把他抱紧,
唉,他在哪里,我可爱的
负心郎,我终身难忘的人?
那时候,就慰藉苦难的人吧,
你可以说:'她已经永诀:
劳娜受不了别离的痛苦,
她已辞别了这凄凉的世界。'

"但我竟说些什么?……也许
你会碰见你罪孽的母亲,
你悲哀的目光会使我惊悸!
难道我连儿子也不能认清?
啊,但愿那严酷的命运
会为我的恳求所感动……
但也许,你竟从我身边走过了,
而我们永世都不相逢。

"你在安睡——不幸的孩子啊,
且最后一次贴紧我前胸。
是不公正的、可怕的法律
把痛苦判给了我们一生。
趁着岁月还没有驱散
你的欢乐,睡吧,我的孩子!
也别让悲苦和忧郁沾到
你童年的平静的日子!"

但突然,树丛后的月亮
照耀到附近的一间茅屋……
她激动地,手抱着孩子
向那里紧紧迈着脚步;
她弯下了身子,悄悄地
把婴儿放在陌生人的门槛,
于是,恐怖地,她把眼睛
转过去,没入了夜的幽暗。

一八一五年

给娜塔莎 1815

美丽的夏天谢了,谢了,
明媚的日子飞逝,无踪,
夜晚的阴霾的浓雾
悄悄铺展了沉睡的暗影;
啊,绿色的田野空旷了,
嬉笑的小河变为寒冷,
树林的枝桠苍老,发白,
天空也暗淡而且凄清。

哦,我的光明,我的娜塔莎!
你在哪儿?为什么看不见你?
可是你不要知心的朋友
和你分享孤独的情趣?
无论在湖水的清波上,
还是在馥郁的菩提树阴,
无论早晨,无论晚间,
我都看不到你的倩影。

很快的,很快的,冬寒来了,
树林和田野就要冰冻;
很快的,在烟雾的茅屋里,
炉火就要熊熊地烧红。
那时啊,我瞧不见意中人,

一如金雀守着小巢的家，
我将坐在屋里，郁郁的，
不断地想念着娜塔莎。

小 城[①] 1815

(给——)

亲爱的朋友,原谅我
这两年来的沉默,
虽然想给你写封书简,
但我却没有空闲。
自从坐着三驾马车,
从我那朴素的家园
来到伟大的彼得城做客,
从天亮到另一个天亮,
两年来总是在匆忙,
没有事,却忙得团团转,
在戏院里,在筵席上,
又是欢乐,又打呵欠;
唉,哪里有一点钟
让我有过一点清静,
我就像个教堂执事
碰上复活节的星期四,
在讲经台上受尽苦难。
可是,多谢,多谢老天!
如今,我已经走上了
平坦的大道,我已经

---

① 本诗初发表时,曾被检查删节。它以虚构的小城生活,写出诗人的中学生活片断,尤其着重写出他当时所读的作家和作品。它充满卡拉姆金派的书信诗的轻松讽刺趣味。

把忧思和日常的烦扰,
都赶出了我的门庭;
说也惭愧,这么久了
它们和我纠缠个不清。
现在,远远地避开喧嚣,
我住在一个小城里,
得以享受一个懒惰的
哲人的崇高的清幽,
快乐的无声无息,
我租了三间小屋,
有长沙发,有小壁炉,
它们明亮而朴素:
没有青铜和金饰的闪亮,
也没有外国的锦缎
来掩盖这拼木板的墙。
窗外是愉快的花园,
那儿,苍老的菩提树
和野樱花一起茂盛,
在那儿,每当日午,
白桦树的阴郁的顶篷
就为我铺下了凉荫;
那儿有柔情的紫堇
和雪白的铃兰交缠,
一条奔流的溪水匆匆
载去了落花在那水面;
它躲开世人的眼睛,
在篱墙的一角流声潺潺。
你的善良诗人就在这里
生活得自在逍遥;
他不去时髦的交际场所,
从那大路上也听不到

往来马车的倦人的嗒嗒。
这儿没有大声喧闹,
只偶尔听到驿车
在大道上辘辘地驰过,
或偶尔有迟暮的旅人
投奔到我的房舍,
他会以行路的木棍
砰砰敲着我的栅门……

这样的人有福了:
他能够安于淡泊,
没有忧烦,满是欢笑,
并且和小爱神及菲伯
秘密地结了友好;
幸福的是,他自由自在
生活在僻静的一角,
从不想到痛苦和悲哀,
只畅快地作个愚夫,
饮食都随心安排,
不必为来客忙忙碌碌。
绝没有人来打扰他
当他独自逍遥在卧榻;
如果愿意,他可以
请一群缪斯来宴飨;
如果愿意,他也可以
把头垂在"韵客"①身上
甜蜜地进入梦乡。
亲爱的朋友啊,请看:

---

① 韵客,原文为 Рифмов,是给西林斯基——西赫玛托夫起的绰号,意思是只会押韵。他写过一些枯燥的长篇叙事诗。

我就这样打发时间,
和那群无耻的仆役
从此不再磕头碰面,
把自己关在书房里
一个人毫不厌腻,
我倒常常很兴奋,
把整个世界都忘记。
我结识的是古人——
巴纳斯的祭司们;
在简陋的书架上头
盖着薄薄的丝绸,
他们和我日夕相处。
一些情词滔滔的歌手
和幽默的散文家汇簇,
都在这儿站得齐楚。
那谟姆和敏诺娃①之子,
在诗人之中首屈一指,
毕生爱刻毒的清淡,
啊,弗内的皓首的顽童②,
你就在这群人里面!
他在菲伯的抚育中
从幼年起就长于诗歌,
他比谁的读者都多,
又比谁都少被痛苦折磨;
他是犹瑞庇底③的对手,
温柔的艾拉特④的朋友,

---

① 谟姆,嘲笑和讽刺之神。敏诺娃,智慧和艺术的女神。
② 指法国思想家和讽刺文学家伏尔泰(1694—1778)。他晚年住在日内瓦附近的弗内田庄。
③ 犹瑞庇底,古希腊悲剧家。
④ 艾拉特,九位缪斯之一。

阿里奥斯特、塔索之孙①——
还有……《天真汉》②的父亲；
他处处都显得伟大，
这空前绝后的老人！
在伏尔泰后面的书架
还并排在一起站着
荷马、维吉尔、塔索③。
每逢早晨一有空闲，
我就常爱打开它们
一本又一本地浏览。
往下是杰尔查文
和感伤的贺拉斯④并陈，
格拉茜⑤的一对养子。
还有你，亲爱的诗人，
你以美妙迷人的诗
俘获了多少颗心，
你也在此，无忧的懒汉，
心地纯良的哲人，
万纽夏·拉封丹⑥！
不仅你，还有温柔的诗人，
我们的狄米特里耶夫，
他曾对你的虚构倾心；
靠近你，他和克雷洛夫

---

① 阿里奥斯特（1474—1533）和塔索（1544—1595）都是意大利诗人。
② 《天真汉》，伏尔泰的小说。
③ 荷马，纪元前八世纪的希腊史诗诗人。维吉尔（纪元前 70—前 19），罗马史诗诗人。塔索（1544—1595），意大利诗人，著有《被解放的耶路撒冷》等。
④ 贺拉斯（纪元前 65—前 8），罗马诗人。
⑤ 格拉茜，希腊神话中的三个女神，司美、文雅和喜悦。
⑥ 拉封丹（1621—1695），法国诗人及寓言作家。俄国寓言作家狄米特里耶夫和克雷洛夫都译过拉封丹的作品。

找到了可靠的港湾。
但在这儿,还有金翅膀的
赛姬的亲密的友伴①!
善良的拉封丹啊,
他敢于和你并比……
如果你感到惊奇,
惊奇吧:他胜过了你!
为阿穆尔抚养的
维尔若、格列古、巴尼②,
在另一个角落聚集。
(在冬天的深夜里,
他们不止一次出来
把梦从我的眼角拉开。)
这里是奥泽洛夫和拉辛,
卢梭和卡拉姆金③,
伴着巨人莫里哀的
是冯维辛和克涅斯宁④。
这后面,俨然皱着眉的
是他们无情的酷评大师,
他的场面真够壮观,
一摆就是一十六卷。
虽然对于凑韵的诗匠,

---

① 赛姬,是罗马神话中的美女,她和爱神结了婚。"赛姬的亲密的友伴",指俄国作家诗人。И. Ф. 波格丹诺维奇(1743—1803),他著有长诗《杜申卡》,叙述关于爱情的神话。拉封丹也写过这一主题。
② 维尔若(1657—1720),格列古(1683—1743),巴尼(1753—1814),都是法国诗人,多以爱情为主题。阿穆尔,爱神。
③ B. A. 奥泽洛夫(1769—1816),俄国戏剧家。拉辛(1639—1699),法国古典主义戏剧家。卢梭(1712—1778),法国作家,他的政论为法国革命开辟了道路。Н. М. 卡拉姆金(1766—1826),俄国作家,著有俄国史等。
④ 莫里哀(1622—1673),法国喜剧作家。冯维辛(1745—1792),俄国戏剧家。Я. Б. 克涅斯宁(1742—1791),俄国戏剧家。

拉加普①的风趣很可怕,
然而,我承认,我常常
耗费了时间去读它。

注定了进入坟墓的,
在书架的最下层,
全是学院派的教义,
躺在厚厚的灰尘中:
有嚎叫戈夫的大著②,
有愚蠢翁的颂神歌③,
还有的,呜呼,只对老鼠
算是些知名之作。
祝你们,散文和诗歌,
永远的安息和遗忘!
然而(应该让你知道),
以它们作为屏障,
我秘密地藏起了
一个羊皮的本子。
这是多少世代保藏的
一卷珍贵的稿纸,
是我的一个堂兄弟,
一个俄国的骠骑兵
白白给我的馈赠。
呀,你似乎猜疑了……
但也并不难猜中;
对了,这些作品虽写好,

---

① 拉加普(1739—1803),法国古典主义批评家,著有十六卷的世界文学史。
② "嚎叫戈夫"是一诙谐的名字,可能指"俄国文学爱好者座谈会"的会员 С. И. 维斯珂瓦托夫(1786—1831)。
③ "愚蠢翁"是另一诨号,可能指 С. С. 鲍布洛夫(1767—1810),"座谈会"会员。又一说指夏特洛夫(1765—1841),他译过《圣经》上的诗。

却不屑于印刷发表①。
赞美你们,荣誉底子孙,
巴纳斯的枷锁的敌人!
公爵啊,缪斯的知心②,
我喜爱你的戏笔,
我爱读你的书信诗
那些刺痛人的字句;
你的讽刺有社会的透视
和一种纯净的文体,
你的戏谑的联句
尖酸,顽皮而泼辣。
还有你,大胆的讽刺家啊③,
也出现在这稿本中,
你在阴间快活的嘘声
曾将多少诗人激恼,
啊,你正当少年气盛,
就已把他们成批投到
忘川的幽暗的波涛。
还有你,以奥妙的艺术
刻画布扬诺夫的歌者④,
你的形象这样丰富,
你是风趣的楷模。
还有你,可敬的诙谐家⑤,
你把厚底靴和匕首

---

① 自此以下,论以手抄稿流传的一些作品和作家。
② 指 Д. П. 葛尔恰科夫(1758—1824),他的讽刺诗以手抄本流行。
③ 指 К. Н. 巴丘希科夫(1787—1855),他写有《忘川岸边的景象》。
④ 指诗人的伯父华西里·勒夫维奇·普希金,他著有长诗《危险的邻居》,布扬诺夫为其中的主人公。
⑤ 指 И. А. 克雷洛夫,他著有滑稽悲剧《波得西普》(黑姑娘和波得西普都是其中的主人公)。

从梅里波敏娜偷走,
交给了顽皮的塔莉亚①!
是你的彩笔为我描画,
是你的彩笔给写出
这样精彩的原著!
我看见:波得西普
和黑姑娘一起流泪;
一会,公爵在凳下抖颤,
一会,整个议会在瞌睡;
发生了悲惨的动乱,
而那些昏聩的皇帝
却玩陀螺,忘了血战……
啊,我可要招来一个壮汉②,
趁一个良好的时机,
他一个人占的地盘,
已将稿本填满一半!
你啊,爬上了巴纳斯,
夸不上什么名位,
却居然胆大妄为,
骑上了烈性的彼加斯!
那胡乱涂写的颂诗,
那顶楼陈设的格式,
简直是一代代相承:
嘶嘶托夫呀,伟大,伟大!
确实,我虽然不是识家,
还能鉴别你的才能;

---

① 梅里波敏娜,司悲剧的女神,着厚底靴,执匕首。塔莉亚是司喜剧的女神。
② 指 И. С. 巴尔珂夫(1732—1768),淫秽作品的诗人,他有一些戏仿的作品。普希金称他为嘶嘶托夫一流人物。"嘶嘶托夫"是普希金给 Д. И. 赫瓦斯托夫伯爵起的绰号,本节的最后十行即论到他。

可是,这里我却不敢
给你编织荣誉的花冠:
只有嘶嘶托夫的文风
才能将嘶嘶托夫颂扬;
然而,见你的上帝去吧!
我要是和你一样:
宁愿发誓不再写啦。

哦,你们,在我的幽居,
我所喜爱的作家!
从现在起,请占据
我恬适无忧的闲暇。
我的朋友,我整天
都和他们凝神相聚:
有时在思维中沉湎,
有时被自己的思绪
飘浮到极乐园去。
有时候,当夕阳西下,
当最后的一道彩霞
没入灿烂的金色,
而主宰黑夜的星星
浮在夜空上闪烁,
树林安睡得恬静,
只有林木的簌簌声;
这时啊,冥冥的诗灵
就来到我头上翱翔;
于是,在夜的幽寂里
我将自己的歌唱
谱上牧人的风笛。
啊,幸福,幸福的是:
谁在青春蓬勃时

就接过菲伯的竖琴!
像胆大的天庭的居民
他向着太阳飞翔,
越过了一切人之上;
于是声誉轰然宣称:
"诗人啊,你将永生!"

可是,我是否能骄傲于
这样诗誉的光荣?
是否我能沾得永恒?……
我愿意苦苦争取,
只是啊,不能够打赌:
因为,谁知道,也许
阿波罗把诗的才赋
也给我留下印记,
使我闪着天上的光
也能毫不颤栗地
向着赫利孔飞翔。
那我就不至泯灭;
也许将来,在午夜,
菲伯年轻的继承人,
我的明达的曾孙,
能和我的幽灵会谈,
而且,受了我的感动,
他在竖琴上发出轻叹。

但此刻,珍爱的友人,
我为炉火所温馨,
独自坐在窗下、桌前,
面对着纸,手拿着笔,
不为了诗名在前面,

而只有我们的友谊
如今给我以灵感。
友人啊,它使我欣喜。
而何以它的姊妹,
那年轻而怯生的爱情
却白白使我燃烧、心碎?
难道那金色的青春
枉然赠我以玫瑰,
在这痛苦的尘世里
我只有永远地流泪?……
啊,歌者可爱的伴侣,
轻展翅翼的梦幻!
但愿你和我一起;
愿你满足我的欲念,
请借酒杯的帮助
沿着忘怀底小径
把我一直引到幸福。
当深夜万籁俱静,
当懒洋洋的罂粟,
闭上我怠倦的眼睛,
请展开你的翅膀
向我窄小的屋里飞翔,
请悄悄来叩我的门,
在美妙的静谧里
拥抱你钟爱的人!
美梦啊! 在魔幻的庭荫
请显现我的亲爱的,
我的护灵,我的光明,
我所热恋的形影;
请显现她天庭的眼睛,
那闪烁给心倾注火焰;

请显现那优美的身段,
和她雪一般的玉颜;
请显现她,坐在我膝上,
阵阵苦恼的冲动
使她以热情的胸
贴靠在我的胸上,
我们嘴唇挨着嘴唇,
美丽的脸烧得红润,
泪水充满她的眼睛!……
哦,何以像不见的飞箭
你已飘逝得远远?
它骗一骗——就无踪,
不再回转的亡命客!
也不管悲泣和呻吟,
你飞往哪儿了,梦影?
啊,去了,心灵的阿谀者,
来了忧郁,心灵的折磨。

可是,亲爱的友人,
难道幸福只在于狂喜?
我的慵懒的精神
在悒郁中也感到欢愉。
我爱在夏日的乡间
独自哀愁地游荡,
看黄昏的暗影飘悬
在平静的河水上,
并且含着甜蜜的泪水
痴痴望着幽暗的远方;
如果天空晴和、明媚,
我喜欢坐在湖水边

和我的马洛①为伴,
那里有洁白的天鹅
充满爱情与安乐,
它们离开岸边的谷田,
和伴侣一起,昂着头,
在金色的水波上浮游。
或者闲暇时,为了消遣,
我放下书,花一个钟头
去到和善的老婆婆家,
喝她一杯喷香的茶;
我不必去吻她的手,
也不必碰靴敬礼,
她也不会挨近我坐,
可是,一大串消息
她都立刻向我絮说。
她的情报不能算少,
每个角落都搜罗到,
她一切都听说、知道:
谁死了,谁在讲爱情,
谁的妻子由于时兴
给丈夫戴上绿帽,
在哪一个菜园里
洋白菜开出了花,
弗马无缘无故地
就把他的老婆殴打,
安托式卡弹着三弦琴
弹一半就断了音,——
老婆婆说得高兴,
一面把裙子缝补,

---

① 马洛,即罗马诗人维吉尔。

一面自己一个人啰唆；
而我呢，谦虚地坐着听，
只堕入自己的梦幻，
一个字也没听见。
正仿佛在京城里，
有一次，嘶嘶托夫
把自己的狂妄的韵律
热烈地给我朗读；
啊，那时候，显然是上帝
想试试我的忍耐力！

有时，我的好邻居，
一个退职的少校，
年纪已经七十，
会和蔼地把我唤到
他的家里吃顿便饭。
老头儿把小夜宴
吃得高兴，就对着酒盅
深深地沉入回忆中。
他抚着受伤的胸上
那奥恰珂夫的勋章①，
想到过去那一次战争，
他们有一队人马
冲上前去迎接光荣，
可是，却遇到炮弹开花，
他们就和钢刀一同
倒卧在血腥的谷中。
说真的，我总是愿意
和他一起打发时间。

---

① 指十八世纪俄军攻入土耳其要塞奥恰珂夫一役中所得的勋章。

可是,老天哪,对不起!
我得对你承认一点:
我怕,我怕和神的仆役,
和城里的牧师交谈;
只是因此,我懒得去
那些婚礼的饮宴,
而乡间的神甫
作为犹太教徒之父
也毫不使我高兴;
那钩鼻子的一族
专作书吏为人诉讼,
他们受贿而致富,
真是谗讼的支柱。

我的朋友啊,假如不久
我和你就能相逢,
那么,我们将把哀愁
在传递的酒盅里消融;
那时,我对老天发誓
(这句话绝不悔掉):
我将和乡间的牧师
作完短短的祷告。

水 和 酒 1815

我爱在炎热的日午
从小溪里掬一盅清凉,
我爱在僻静的树阴中
看水流如何泼溅在岸上。
谁要是把酒急着斟满,
使传递的酒盅溢出泡沫,——
朋友啊,告诉我:谁能不哭泣,
想到较早的心灵的欢乐?

谁要是鲁莽——诅咒他!
假如被无礼的狂热迷了眼,
他第一个伸出罪孽的手
啊,可怕! 竟把酒和水相掺!
诅咒他,诅咒这种暴徒,
让他再也不能把酒啜饮,
或者是,尽管有酒杯在手,
却不能辨识葡萄酒和香槟!

给利金尼① 1815

利金尼,你可曾看见:在大路上
头戴桂冠,紫袍灼灼闪着绛光,
年轻的维杜里骄傲地懒懒瘫着
在华车里,从人群中飞掠而过?
你看:大家对他怎样地屈背躬身,
卫士们又怎样驱逐可怜的人民!
一长列谄媚者,参议员和美女,
都把热烈的目光朝他多情地投去,
都在颤颤而笑,以待捕捉他的一顾,
仿佛等待上帝的神异的赐福;
无论小孩子,无论白发的耆老,
都无言地在尘埃里对这偶像俯倒:
对于他们,甚至他在污泥中的车迹
也成了什么神圣而可敬的碑记。

噢,罗姆尔的人民②,你们几时匍匐的?
谁用政权把你们缚住,夷为奴隶?
骄傲的全权公民被重轭压倒了,
是对谁,天哪,你们对谁贴贴俯倒?
(我说吗?)对维杜里!我的祖国的耻辱,

---

① 本诗初发表时,注有小标题"译自拉丁文",实则是普希金的创作,伪托翻译,以避审查。利金尼是纪元前四世纪的罗马执政官,他所制定的法律具有平民精神。诗人在这首诗里借古代谴责了当代的俄国。
② 指罗马人民。罗姆尔传说为罗马的建立者和第一任国王。

一个荒淫的少年被成人推举出；
暴君的宠儿统治了软弱的议院，
给罗马套上轭，使它的光辉暗淡；
维杜里成了罗马皇帝！……时代啊，可耻！
是否全世界都临到毁灭的一日？

然而那是谁，在回廊下，低垂着头，
他拿着行路的木杖，眉头深皱，
披着破斗篷，穿过喧腾的人群？
"你哪儿去，智者达米特，真理的友人！"
"我也不知哪儿去，我久已观看不语，
我要永远离开罗马：我憎恨奴役。"

利金尼，我的好友！我们是否从此
该向幸运女神和美梦翩然告辞，
而向那白发的犬儒主义者学习？
我们何不和这荒淫的城市远离？
这儿一切可以出卖：法律、正义，
执政官、护民官，美色和荣誉！
让格里采丽亚，那美丽的姑娘，
像轮转的酒杯，谁拥有都一样，
把没经验的别人捞进卖身的网！
但我们却羞于有了皱纹还癫狂；
欢笑的闪耀该属于虚荣的青春：
让无耻的克利特和权贵的仆人
高乃里贩卖卑鄙吧，厚颜无耻地
从名门到富豪，奔走于各各府邸！
我有罗马人的心，自由在胸中滚沸，
伟大民族的精神没有在这里沉睡。
利金尼啊，让我们赶快远远脱离
狂妄的谋士、骗人的美女的心机！

让我们蔑视嫉恨的命运的打击，
把祖国的守护神移到乡村里！
在古树林的幽冷中，在海岸上，
不难找到朴素而明亮的住房；
在那儿，不必再怕世人的骚动，
尽可在乡野里逍遥自己的晚景；
我们可以安守在舒适的一角，
对着壁炉，看橡木熊熊地燃烧，
饮着陈年的佳酿，追想古代的事迹，
以冷酷的久文纳尔把精神激励；
我要用正义的讽刺描绘恶习，
我要向后世揭露这时代的风气。

噢，罗马，荒淫与邪恶之骄傲的国度！
末日就要来了，带来惩罚和报复。
我已预见这穷凶骄奢的结果：
这世界的冠冕就要、就要跌落。
从残酷战斗中养育的年轻的民族
将以执剑的威武的手向你挥舞，
他们将越过千万重高山和大海，
像奔腾咆哮的河流，朝你涌来。
罗马化成灰，没入深深的幽暗里，
而旅人，遥望着一片乱石的废墟，
将会沉入忧伤的情思中，叫道：
"罗马生于自由，而奴役把它毁掉。"

给巴丘希科夫[①] 1815

不久以前,我诞生在
赫利孔的岩洞里,
在阿波罗的名下,
蒂布尔[②]主持洗礼;
于是我从小啜饮
明澈的希波克林[③],
在春季的玫瑰荫下
我成长为一个诗人。

快乐的畜牧之神
对这孩子很是欢喜,
在金色的嬉笑日子
给了我一支芦笛[④]。
我不断地吹它,
因为早就和它熟悉;
尽管我吹得错乱,
但缪斯并不厌腻。

[①] K. H. 巴丘希科夫(1787—1855),对普希金的早期创作有相当影响。本诗是普希金和他会见以后写的,他劝普希金由模仿安纳克利融改为模仿罗马史诗诗人维吉尔(马洛),亦即写战争题材的史诗,本诗对此作出答复。
[②] 蒂布尔,罗马纪元前一世纪诗人,写有许多哀歌,歌唱爱情及田园生活。
[③] 希波克林,古希腊人相信它是由阿波罗的马(彼加斯)在赫利孔山下踢出的一条泉水,转意为灵感之泉。
[④] 据希腊神话,牧神制造了芦笛。

你啊,欢娱底歌者,
波密斯仙女①的友人,
你见我既然冲上
诗誉底一条小径,
便要我为了马洛
告别安纳克利融,
对着战争的血宴
谱出竖琴的歌声。

菲伯给我的不多:
心有余,而才枯索。
我是远离了祖灵,
在异方天空下作歌。
我怕跟着鲁莽的
伊卡尔白白飞翔②,
我摸索着自己的路:
让人人照自己那样③。

---

① 指缪斯。
② 希腊神话,伊卡尔逃出克利特岛的囚禁时,用他的父亲给他制备的羽翼(以蜡粘起的羽毛)飞翔,飞到了太阳近处,蜡质熔化,伊卡尔落海而死。
③ 这是茹科夫斯基致巴丘希科夫函中的一句话。

艾尔巴岛上的拿破仑[①]   1815

黄昏的彩霞片片烧尽在海上,
幽暗的艾尔巴岛笼罩着宁静,
穿过层层暗云,朦胧的月亮
　　正静静地移行;
顶端泛白而披上夜影的天空
已经在西方和蔚蓝的海水交融。
在这夜雾里,在荒凉的山崖上
　　拿破仑独自坐着。
这魔王的脑中涌聚着沉郁的思想,
他正盘算给欧洲制造新的枷锁,
并把沉郁的目光抛往遥远的海上,
　　狠狠地低声说:

"在我四周,一切都死沉沉地入梦,
深渊的狂涛在夜雾中安歇了,
大海上不见一只脆弱的帆篷,
也没有饥饿的野兽在坟地狂叫,
我却独自在这儿,澎湃着思潮……

"啊,听命的波浪是否很快就能够
在桨下涌起泡沫,把我载了走?
这沉睡的海水几时能再起浪?……

[①] 拿破仑于一八一五年二月二十六日逃出艾尔巴岛,重返法国,尘战百日。这首诗是在听到拿破仑逃出后写成的。

夜啊,狂暴起来,在艾尔巴的山上!
月亮啊,望你更幽暗地遮在云后!

"在那边,无畏的大军正在等我。
他们已经集合,已经列队成形!
啊,世界已经在我脚前带上枷锁!
我要越过黑色的深渊进军,
让凶猛的雷雨再一次轰鸣!

"战火燃起来吧,'胜利'手执着剑,
就要随着高卢①的鹰群而飞旋,
山谷中会有血的河流沸腾,
我要以巨雷把皇座劈为纤尘,
我要打碎欧罗巴的奇异的盾!……

"但在我四周,一切都死沉沉地入梦,
深渊的狂涛在夜雾中安歇了,
大海上不见一只脆弱的帆篷,
也没有饥饿的野兽在坟地狂叫,
我却独自在这儿,澎湃着思潮……

　　"幸福啊,你恶毒地蛊惑人心,
连你也像是美梦,从我眼前隐去;
　　你原是我在风暴中的护灵,
　　从幼年时代就把我抚育!
　　才有多久?从隐秘的小径
　　你把我领到了一个皇座,
　　你又以狂妄的手把婚冕
　　加于我披戴桂花的前额!

————————

①　高卢,法国的古称。

才有多久？人民颤栗着，
　　怯懦地把自由向我贡奉，
　　让正义之旗向我致敬；
　　我的周身围以轰鸣的雷火，
　　荣誉以它的翅膀覆盖我，
　　永远跟在我的头上闪耀，……
但险恶的乌云悬在莫斯科的上空，
　　复仇的雷声轰响了！……
北国年轻的沙皇！你把民军开动，
从此'灭亡'就把血染的大旗追随；
　　巨人的覆没得到反应，
人间复归于和平,天空重又明媚，
　　而我呢,耻辱和囚禁！
　　我的钢盾被击碎了，
　　战场上的头盔不再闪烁；
　　宝剑已在谷田中被忘掉，
　　在雾中失去了光泽。
四周静悄悄。在这幽寂的夜里，
我徒然想念着死亡底怒号，
　　明晃的刀剑在挥击
　　和伤者痛楚的哀叫——
我倾耳听到的,只有泼溅的海涛；
　　沉寂了熟悉的叫喊声，
　　嗜血的敌意不再喧腾，
　　复仇的火把熄灭了。
可是,就来了那轰然爆发的一刻！
帆船就要飞驶,藏着可怕的皇座；
　　让幽暗浓浓地铺展，
　　而那苍白的'叛乱'
目中闪着死亡,就坐在船头。
战栗吧,高卢！欧洲！复仇啊,复仇！

你们的灾星升起来了,哭泣吧,
一切都要跌入尘土,一切覆亡。
那时候啊,在普遍的毁灭下,
　　我要在坟墓之上称王!"

他说完了。夜影还铺展在天上,
月亮离开了远天乌云的荫蔽,
颤栗地,把微弱的光洒在西方;
东方的晨星还在海洋里嬉戏;
在艾尔巴险恶的巉岩包围里
　　一艘大船在雾中驰来,
　　哦,强盗,高卢荫护了你;
合法的君王都颤栗地逃开。
但你可看见?白日虽消逝,黑暗
　　只暂时蔽住了霞彩,
一片静谧铺展在灰色的海面,
天空暗下来,雷雨在幽暗中高悬,
一切沉默……战栗吧!毁灭已临头顶,
　　你还不知自己的命运!

致普希钦[①] 1815

（五月四日）

哦，你度命名日的人，
我亲爱的普希钦！
一个隐士正怀着
坦白的心对你访问，
请拥抱这个来客——
但可别筹备开正门
迎接这善良的歌者，
他虽然是来做客，
却怕礼俗的烦扰，
他不愿别人招待他
用虚假的客套；
请接受他的吻吧，
请接受他单纯的心
对你真挚的祝贺！
快为客人备好宴饮：
把"彭式"的高脚酒杯
和啤酒的大盅摆好，
让旧日的一对酒鬼
忘情痛饮一个通宵！
让我们理智的烛台
暂停在心里燃烧，

[①] И. И. 普希钦(1798—1859)，普希金的中学好友，以后成为十二月党人。五月四日是他的生日，而非他的命名日。

让有翅的老人快快
骑着驿马飞跑！
又何必珍惜时光，
要是它不能欢畅！

我心灵的友人啊，
你真幸福，你的生活
将在金色的静谧下
一天天无忧地流过；
你和格拉茜谈心，
不知道黑色的灾祸，
你虽然不是诗人，
却像贺拉斯般生活。
你并不富豪的住屋
和不吉的希波克拉特①，
和眉头紧皱的神甫，
都没有半点瓜葛。
你在你的大门口
看不见成群的烦忧；
只有欢乐和爱神
寻到了你的家门；
你爱碰杯的声音
和烟斗的浓烟缭绕，
那诗歌的精灵
也不曾把你烦扰。
在现世的命运中，
你是幸福的；告诉我：
对于友人，我还能
愿望什么？我该沉默……

---

① 希波克拉特，古希腊的名医。

但求上帝允许你我
看到一百个五月吧,
那时候,满头是白发,
我将写诗对你说:
这儿是酒杯,斟满它!
欢乐啊,直到墓门之前,
请作我们忠实的侣伴;
但愿是在碰杯声中
我们俩结束这一生!

致加利奇① 1815

任随那阴沉的凑韵家②
冠戴罂粟和有刺的荨麻,
把冰冷的颂诗凑了又凑,
那沉闷的胡话编个没够,
并且邀请将军去宴飨吧——
加利奇啊,你只忠于酒杯
和午夜后丰腴的美味;
疏懒的哲人,我邀请你
来到这快乐的诗之亭苑,
这偏僻而舒适的屋檐。
很久以来,在我的幽居,
在友人和酒瓶的团聚中,
只是缺少你的大酒盅,
而它曾伴着长时的宴乐,
引起多少机智和笑声!
你原不喜爱操心和劳作,
何不坐上飞快的三驾马车,
离开那彼得堡和忧烦,
到这快乐的小城来休憩。
你可以去到那个犹太佬
梭罗塔列夫开设的小店,

---

① А. И. 加利奇(1783—1848),曾在皇村中学任教,教拉丁文和俄国文学(接替科商斯基),很受学生爱戴。
② 可能指科商斯基(参见《告我的酷评家》)。

我们将在那儿围坐一圈，
把紫红的酒浆倾倒，
并且要砰地把门锁好，
好不要放走青春的欢笑。
于是金黄的啤酒迸流；
在桌上，还有傲岸的馅饼，
面对着紧密的一圈朋友；
我们将挥着明亮的刀叉
从四面八方向它攻打，
刹那就夷平那座城壁；
这以后，酒喝得头重脚轻，
你把头垂下，直垂到双膝，
你想要找个地方静一静，
以便倒在枕上沉沉睡去，
而那满荡荡的大酒盅
便掉在陈旧的绒毛榻中——
那时呀，什么书信诗，联句，
民歌，寓言，八行诗，商籁体，
都跳出我们谦逊的衣兜：
懒人的梦啊，愿你睡个够！……
但碰杯的声音吵醒了你，
你又精神振作一跃而起；
刚离开揉皱了的枕头，
便又举起你的知心好友——
看，小屋又摆上丰盛的筵席。

加利奇啊，流光一去不返，
危急的一刻转眼要来到：
一旦传来荣誉的召唤，
我就要脱下鞑靼长袍，
立刻离开这亲切的屋檐。

啊,再见了,纯洁的缪斯!
再见了,青春欢欣的港湾!
我将穿上紧箍的裤子,
把挺拔的髭须卷上一卷,
明亮的肩章挂在两肩,
于是我——这诗神的养子,
就成了咆哮的掌旗官!
哦,加利奇! 来吧,加利奇!
呼唤你的不只慵懒的梦,
还有这不亢不卑的友谊,
还有这溢满酒香的酒盅!

梦 幻 者[①] 1815

月亮悄悄地升上天空,
　　山岗的幽暗变为透明,
寂静飘落在湖水上,
　　山谷里吹拂着轻风;
在幽暗树林的僻静里
　　春天的歌手沉默了,
牛羊在田野里安歇,
　　午夜的翱翔这样静悄;

深夜以幽暗包围着
　　安适而宁静的一角,
残烛烧剩了烛心,
　　壁炉的微火也熄了;
在简陋的神龛里
　　排列着家神的影像,
在泥塑的宅神之前
　　一盏孤灯闪着幽光。

我把手支撑着头,
　　依靠在孤寂的榻上,
我深深地出了神,

---

① 本诗采用了茹科夫斯基的《俄国军营中的歌手》一诗的形式,有意在内容上和它形成对照,作为对该诗的一个答复。普希金表示自己是一个温煦的梦幻者,无意追求战场上的荣誉。

沉湎于甜蜜的思想；
从魅人的夜的幽暗
　　　一群群有翅的梦幻
在月亮的光辉下
　　　飞出来，嬉戏地盘旋。

于是有低回的声音
　　　在竖琴的金弦上振荡；
在寂静幽暗的一刻
　　　梦幻的青年开始歌唱；
他充满秘密的哀愁，
　　　和默默无言的灵感，
他以活泼的手指
　　　急拨着振奋的琴弦。

幸福的是在陋室中
　　　无须为幸福祈求，
宙斯作可靠的卫护
　　　使他避开险恶的气候；
在慵懒而静谧的良宵，
　　　他甜蜜地睡个不停，
军号的惊人的声响
　　　并没有把他唤醒。

就让盾牌被冲击吧，
　　　就让荣誉毫不赧颜
从远方以血腥的手
　　　向我汹汹地召唤，
就让军旗随风飘扬，
　　　人们激烈地血战，
我绝不，绝不去寻荣誉，

　　　　只有静谧称我的心愿。

我找到了和煦的荫蔽,
　　　要在山野平淡地居住;
神给了我一只竖琴,
　　　诗人的珍贵的天赋;
而缪斯总是和我同在:
　　　忠实的女神,我赞美你!
我的小房子和荒野
　　　因为有了你而美丽。

在金色岁月的清晨
　　　你保护稚弱的歌者,
你以桃金娘的花冠
　　　遮盖着他的前额,
你闪着骄傲的光辉
　　　飞到简陋的斗室里,
俯视着小儿的摇篮
　　　轻轻地屏住呼吸。

哦,请随我直到墓门,
　　　年轻的同行的伴侣!
请带着梦幻朝我飞,
　　　展开你轻飘的翅翼;
逐开阴霾的悲哀吧,
　　　迷住我……尽管欺蒙
请指出浓雾后面的
　　　生活的明媚的远景!

我的临终将是平静的;
　　　死亡底和善的使者

将轻叩着门,低声说:
　　"去吧,到幽灵的住所!……"
有如冬夜甜蜜的梦
　　叩问着平静的门庭,
它头戴着罂粟花冠
　　扶着慵懒底手杖来临……

给一位年轻的女演员① 1815

你不是克列侬②的继承,
那宾得山上的主宰者③
不是为你制定他的法则;
上天没给你很多馈赠,
你的嗓音和体态的动作,
你那眼神的默默传情,
我得说,都引不起赞赏,
惊叹和热烈的鼓掌。
多残酷的命运!它注定你
只能是个拙劣的演员;
不过,赫罗娅,你自有情趣,
一片笑声总跟着你,
你使恋人们展开笑颜——
因此,你必将获得桂冠,
你的成功无可置疑。

当你呆呆地面对着观众,
扯开调门歌唱起来,
全场凝神得鸦雀无声;
你唱着,并不很合拍,
我们的热烈的掌声

---

① 本诗可能是写给 B. B. 托尔斯泰剧院中的一个农奴女演员。
② 克列侬(1723—1802),法国著名的悲剧女演员。
③ 指法国作家伏尔泰,他在排演自己的剧作时曾给克列侬以指导。

越来越响亮;有人叫道
"布拉窝！布拉维西莫①！好,好！"
讽刺家们发不出嘘声,
谁都为你的魅力而颠倒。

当你以你特有的笨态
把两手在胸前安放,
或者,先把两手往外张开,
再羞怯地按在胸上;
当年轻的米隆②对你
背着听众咬耳朵密语,
你呢,麻木地毫无表情,
叫他相信你的爱情,
或者呼天抢地地哭泣,
接着冷冷地唉了一声,
便安详地堕落在椅中,
又羞红得喘不出气——
这时,大家就互相传话:
"啊,多么好！"唉,但若不是你,
早会挨嘘。艺术真伟大！
赫罗娅啊,哲人在说谎:
这世上并非一切虚妄③。

以你的美迷人吧,赫罗娅！
这样的恋人才够幸福:
假如他把温柔的情话
敢于在你的面前唱出;

---

① "布拉窝","布拉维西莫",是意大利文的音译,即"好"。
② 米隆,在俄国文学中,常以此名指"恋人"。
③ 影射圣经上所罗门的说教,"一切皆虚妄"。

在舞台上,他以诗和散文
凭天发誓要把你崇拜,
而你对他也含情脉脉,
不敢轻于谈到变心。
啊,真幸福:谁要是在台上
和这可爱的女艺人演戏,
却把自己的角色忘记,
一面握她的手,一面希望
在台后他将更为快意!

忆[①] 1815

(致普希钦)

你记不记得,我的酒友,
在那恬适静谧的一刻,
我们如何把自己的哀愁
在冒泡的美酒里沉没?

如何在我们幽暗的一角
偷偷地坐下,不敢出声,
我们和酒神懒懒逍遥,
远远地躲开学监的眼睛?

你可记得那一圈友人
围着"彭式"酒,低声交谈,
高脚酒杯沉默而严峻,
廉价的烟斗闪着火焰?

啊,那酒沸腾得多么美妙,
激流下的酒雾在飞扬!……
可是,我们突然听见了
老师远远的可怕声响……

[①] 本诗所叙述的事情发生在一八一四年九月五日,诗人和普希钦及马林诺夫斯基通过校内一个名叫弗马的职员得到了甜酒、蛋和糖而饮宴起来。此事为校方得知,甜酒立即没收,处罚三人在晚祷时下跪两星期,并记过。该职员弗马则被免职。

于是酒瓶一下子打碎,
酒杯都扔出了窗口——
地上到处都流得累累,
那是"彭式"和亮晶晶的酒。

我们立刻慌张地逃躲,
但这惊惧转眼就消散!
绯红面颊的快活的气色,
脑子和心都溜到嘴边。

还有单纯的欢乐的大笑,
暗淡而且发直的眼球,
啊,这把醉饮都做了密告:
巴克斯①的甜蜜的诅咒!

哦,我真挚的朋友们!
我要对你们发誓,每一年
在我恬适无忧的时辰,
我要饮酒把这事追念。

---

① 巴克斯,酒神名。

我 的 墓 铭 1815

这儿埋下了普希金;他一生快乐,
尽伴着年轻的缪斯,慵懒和爱神;
他没有作出好的事,不过老实说,
　　他从心眼里却是个好人。

战死的骑士　　1815

树林后的天空在燃烧,
晚霞静静地暗淡了,
　　山谷里寂然无声;
迷雾下,河水卷着漩涡,
白云懒懒地飘过,
　　　金色的月亮在云中。

山岗上睡着一副盔甲,
盾牌覆在锈钢盔底下,
　　　折断的矛、手套、宝剑,
还有马刺插进了水草:
一切静止,而新月一角
　　　挂在血红的晚天。

勇士的马在山岗踱躞,
骄矜的目光早已熄灭,
　　　它只垂着英武的头。
马蹄淡漠地敲着山谷,
它望望盔甲——感到孤独,
　　　禁不住嘶鸣和颤抖。

一个旅人迷入夜雾里,
心中充满着怯懦和希冀,
　　　他拿着行路的木杖
走上山岗,遥对着雾色

望了望,又走下山坡,
　　疲倦的脚碰响钢盔。

他打个寒噤,锁子甲在响。
死人的骨头在里面碰撞。
　　从山坡,钢盔和头壳
滚了下来……听见这声音,
骏马嘶喊着,上山飞奔,
　　它看了看……又垂下头了。

旅人已在夜色里远行,
还像有骸骨在脚下做声……
　　然而,曙光升起来了,
战死的人还睡在山岗,
铁甲和头盔不再碰撞,
　　只有马儿徘徊在山脚。

致德里维格[①] 1815

  侍奉在纯洁缪斯之前
  你狡狯的祭司啊，请看：
    一个乡野的居民
    也居然以造孽的脸
    添一个数目在诗坛，
    连我也要垂首致敬，
    把迷人的幻想崇奉；
    我的叔父兼诗人
    对此给了我一些指教，
    使我得以和缪斯结亲。
    起初，我不过是胡闹，
    戏谑地把诗拼凑，
    可是杂志居然收留，
    于是，如今我也成了
    不知所云底挚友，
    这个，那个，胡诌一顿。
    唉，连我也甘为罪人！

[①] A. A. 德里维格（1798—1831），俄国诗人，普希金的好友。发行了《北方蜜蜂》和《文学报》等杂志。他发表一首《致普希金》的诗，本诗即其答复。在《致普希金》中有如下一段：
    普希金！他没有在林中隐遁，
    竖琴还使他铿锵地歌唱，
    庄严的阿波罗会从凡尘
    请他永居于奥林普山上。

我谢谢你的书信,
但它对我有什么教益?
你是等一个时机
指出一个罪人的错,
然后再当众奚落!
负心的朋友啊,显然,
你和阿波罗拉起手,
而我注定从今以后
将以普拉东①而轰传。
我到处都遇到灾祸!
唉,我这中迷的诗客
在哪儿能够藏身?
出卖我的友人们
总把我的天真的诗作
偷偷地送到城市,
于是,这索居的果实
就被人拿去印刷,
也不知糟蹋多少纸!
一些俏皮的讽刺家
却微笑地围住诗人:
"啊呀,先生!我听传闻,
你写了许多小诗行,
不知能不能赏光?
当然喽,那里描写的
有一些小菊花、小溪,
还有什么轻柔的风,
还有小花和树丛……"

德里维格啊,诗神

---

① 普拉东是法国十七世纪的拙劣诗人,以和拉辛赛诗为世所笑。

虽已注定了我的厄运，
但你是否还愿意
再增加我的不幸？
你能不能容许
我在梦神的怀抱里，
抚育着无忧的心性，
哪怕只再准我一年
守着闲适和疏懒？
我本是安乐底子孙！
至于你那里，虽然
我一点也不愿意，
却已惹来各种麻烦：
我将不得不费力
和杂志展开争战，
和报刊讲价钱，
并且和伯爵弗夫①一起
不断地唱着颂歌；
呀，饶了我吧，阿波罗！

---

① "伯爵弗夫"是普希金给赫瓦斯托夫起的绰号，后者写了许多拙劣的颂诗。

玫　瑰① 1815

我们的玫瑰花儿
哪里去了,我的友人?
啊,玫瑰早萎谢了,
朝霞所发的红润。
不要说吧:青春
也就是这样凋落。
不要说吧:这就是
我们生命的欢乐!
请为我转告玫瑰:
别了,我怜惜你!
然后再给我指出
百合花的幽居。

---

① 本诗按照古代的诗传统,以玫瑰象征爱情,以百合花象征坚贞。

"是的，我幸福过"[①]　1815

是的，我幸福过；是的，我享受过了；
我陶醉于平静的喜悦，激动的热情……
但飞速的欢乐的日子哪里去了？
　　如此匆匆消逝了梦景，
　　欢情的美色已经枯凋，
在我四周，又落下无聊底沉郁暗影！……

[①] 诗人和 E. 巴库妮娜相遇后，在日记上写下这首诗。

泪　珠　1815

昨天,我和一个骠骑兵
相对饮酒,把时光消磨,
我凝视着遥远的道路,
心是沉重的,悒郁而沉默。

"告诉我,你往路上看什么?"
我骁勇的朋友这样问:
"谢谢天！你还没有给朋友
引见你那心上的人。"

我把头直垂到胸前,
很快地对他低声地说:
"骑兵啊,我已经失掉了她！"
我叹口气——随即沉默。

一颗泪珠悬在睫毛上,
噗地落进了酒杯中。
他叫道:"你为女人哭啦,
多不害羞呀,你这儿童！"

"别惹我……噢,我心里痛苦。
也许,你从没有悲哀过。
唉,仅仅是这一滴眼泪
就能使整杯酒变为苦涩。"

给 M. A. 德里维格男爵小姐[①]　1815

您八岁,而我已经十七了。
我也有一时是八岁的弱龄。
但那岁月已逝。唉,天知道:
如今我成了诗人,不幸的宿命!
过去的已经过去,不再回首;
我已长大了,绝不会说谎:
请相信:只有信仰才能得救。
请相信吧,爱神像您似的善良,
爱神是个孩子,和您也相像——
到了我的年龄,您就是维纳斯,
那时候啊,如果大神宙斯宽仁,
使我还在世,而且还善于言词,
我的男爵小姐,那我将给您
用拉丁文风写一首赞美诗,
一篇精彩的诗,没一点文饰——
其中没有许多真实的颂扬,
但是有许多真实的感情。
我将说:"请看在您的眼睛
和您的那些舞会的面上,
男爵小姐啊,当大家都看您,
您可否顾盼我哪怕一次,
为了酬答我以前的颂诗?"

[①] 玛丽·德里维格是普希金的中学同学德里维格的妹妹。

唉,等那一天,当爱神和希门①
都祝福玛丽成为年轻的夫人,
谁知道,那时逐渐苍老的我
能否写出贺婚诗向您致贺?

---

① 希门,希腊神话中的婚姻之神。

告我的酷评家[①] 1815

请原谅吧,清醒的酷评家,
原谅我那发酒兴的书简,
别挑剔我在轻浮的刹那
所吟咏的幻想和情感:
我不是为了不朽写作的,
它们原出自快乐的悠闲,
只为了友人,为了自己,
也许还为年轻的赫罗娅。
请原谅我,怜悯我吧——
我可不需要你的指教。
我的罪恶我自己知道。
自然,我的才能够贫乏,
常常为了独身的韵脚
而违犯了凑韵的章法,
有时一连跑出这样三顿:
把"阿尤""阿页""奥伊"相押。
此外,还有些地方该承认:
我常常(谁能没有毛病?)
发着毫无意义的感叹,
一连三句都和主旨无关;
这很不好,可是你能不能
用温和的态度予以指正?

[①] 酷评家指 Н. Ф. 科商斯基(1785—1831),皇村中学的文学教师,他喜欢对学生的诗作吹毛求疵。

我的草率写出的书信
难道还会风行于后代?
阴沉的审查官啊,别相信
我到夜晚,就才气澎湃,
被诗思禁锢得痴然发呆,
把心灵的平静都作了牺牲;
别以为我把屋角都跑遍,
把头发也抓得乱蓬蓬,
并且像菲伯的祭司那般
闪着一对可怕的眼睛,
呼吸也困难,只皱着眉头,
在点燃自己的灯烛后,
就叹息着坐在破书桌前,
坐呀坐呀,一连三夜苦度,
终于写成三音步的胡言……
这样写作的(我不想挖苦)
有衰老的彼加斯的马夫:
嘶嘶托夫,或名鞭子托夫
或伯爵弗夫①:他呀,就是
巴纳斯②的退休的老仆,
曾写过一大堆陈腐的诗,
他的颂诗不太铿锵有力,
童话诗却足够令人厌腻。

我喜爱的是幽静和安逸,
悠闲对我从来不是负担;

---

① 这里的三个绰号,都指 Д. И. 赫瓦斯托夫伯爵,"俄国文学爱好者座谈会"的成员,是一个富于写作癖的拙劣诗人。他写了许多颂诗和寓言诗。彼加斯是希腊神话中有翅的马,象征诗的灵感。
② 巴纳斯,是太阳神阿波罗居住的地方。

吃、喝我都要充分的时间。
每当我意外想拼凑诗句,
歌唱一下爱神或友谊,
我总是立即把它写完。
无论是陪着好友闲谈,
或是独自躺在鸭绒榻里,
或是漫步在幽静的河边,
在茂密而寂寥的林间,
突然一念来临,挥挥手,
我就会把诗押韵说出口——
这样,我的游戏的诗作
从来也不至于把人折磨……
但有时,独自坐在壁炉前,
我想舒适地休息休息,
既然无所事事,我难免
要把以往的情思追忆,
那我就会涂抹三五联句,
我还会把它们低低吟诵,
那可绝不是想猎取名声。

你可知道吗,我的迫害者,
我正是这样在和你交谈?
我这宾得山上的游客
正在和年轻的缪斯缱绻……
公鸡早啼过,明亮的朝阳
把田野和树林镀上金光,
我打着呵欠,半闭着睡眼
一面朝沙别里①诗魂呼唤,
一面写着简短的诗句;

---

① 沙别里(1628—1686),法国诗人,以写随意的短诗句著称。

我沉湎在适意的朦胧里,
头靠着枕头,以如梦的手
单纯地,毫不加以修饰,
把我的这一篇辩解拼凑。
那迷人的歌者①岂非如此
在无闻的懒散的荫蔽中
有时把维尔维尔歌咏,
有时带着微笑,随意描写
他那僻静的顶楼住屋,
充满了无牵挂的喜悦?
处身在这悠然的境界
诗句就会这样那样涌出。
怎能把欢乐情思的反响
都从你的作品里删除,
而代之以冷冰冰的思想,
再以荒诞不经的装饰
破坏嬉笑的游思的果实,
这样来缩短自己的诗?

安纳克利融②,肖列,巴尼,
不喜欢忧郁、苦思和雕琢,
每当歌唱着自己的情侣,
他们可不是如此作歌。
可爱的歌者们,慵懒之子,
那快乐与悠闲的缪斯
自古就赐你们以花冠,
而不是精雕细琢的才干,

---

① 指法国诗人格列歇(1709—1777),他写过一篇咏鹦鹉的幽默诗《维尔维尔》,还写过一些咏他的禅房和藏书的书信诗。
② 安纳克利融是纪元前六世纪的希腊诗人,以歌咏青春、酒、爱情著称。

那华丽之才。是隐秘的曲径
把你们引到奥林普高峰①,
格拉茜女神轻佻的手指
曾把年轻的竖琴弹拨,
一群顽皮的诗情之子
曾经缭绕在你们的前额。
而我,一个学歌的新手,
你们潇洒的韵律的继承者,
正悄悄地追随你们之后……
至于你,我讨厌的传教徒,
且按下学究气味的愤怒!
去吧,尽可对别人叫骂个够,
但既已暗暗叹我不行,
该给年轻的懒人稍许安静。

---

① 奥林普山是缪斯的圣地。

冯维辛的幽灵① 1815

在乐土,在阿赫隆彼岸②,
那被阿波罗宠爱的诗人
正在葳蕤的林中打呵欠,
忽而转念要看看凡尘。
他原是个知名的作家,
在俄罗斯,逗笑的名气很大,
邓尼斯,头戴桂花的冷嘲者,
哪儿愚蠢不怕他的鞭挞?
"让我暂时离开一下吧,"
他对阴曹的府君说:
"弗列格顿③令我厌倦了,
我要去看看人间如何。"
"去吧,"普鲁东④回答他道。
于是,他看见多皱纹的恰隆
划着一船闪烁的幽灵
来到岸边;我们的主人公
拿着许可证登上了空船,
就这样来到我们世间。
诗人啊,敬请光临到人寰!

---

① 邓尼斯·冯维辛(1745—1792),俄国戏剧作家,著有讽刺喜剧《纨袴少年》。
② 阿赫隆,冥府的河名。
③ 弗列格顿,冥府的河名。
④ 普鲁东,神话中主宰阴间的神。

古人重又回到俄罗斯观看,
他想随便找一点新闻,
但是世界丝毫没有改变,
一切和从前一样地进行。
人们还是作假和伪善,
老的调子还没有唱完,
还是十分肯听信诽谤,
一切和从前都没有两样。
小窗口跳进了百万黄金,
大家都盗窃沙皇的国库,
有人的生活靠另一些人哭,
医生还是折磨临死的人,
大主教还心平气和地睡觉,
豪门权贵,显赫的恶徒,
还是微笑着把酒斟倒,
毫不理睬无辜者的怨诉;
还赌博通宵,在议院里睡觉,
不理政事,把公文当枕头;
懦夫和无赖没有减少,
廉价的神女还到处都有,
还是有不少愚蠢的将军,
还是有不少老头追逐女人。

邓尼斯叹口气:"天哪,天哪!
我又看见老而又老的一套。
你前厅的雄辩的演说家,
我的彼特鲁式加,你说对了①:
全世界都是无聊的把戏,

---

① 彼特鲁式加是冯维辛的诗作中的仆人,见《给我的仆人舒米洛夫、万卡和彼特鲁式加》。

这把戏竟没有变变花样。
但哪儿是我写诗的兄弟,
我那些巴纳斯①的同行,
那些年轻的格拉茜的养子?
我很想和他们见一见面。"
才说完,一个年轻的天使
斜戴着羽毛冠,疾如飞箭,
突然从天庭飞到他面前。
"我领你去,"艾尔米②对他说,
"菲伯特地叫我来引导你,
我们可以在黎明前一起
去访问俄罗斯的歌者。
他们有的受到了鞭挞,
有的呢,芦笛缠上了桂花。"
说完,他们便飞旋而隐没。

白日消逝了,暗影加浓,
转眼间,黄昏已趋向夜深。
小楼的窗户闪着月影,
整个人间,只除了诗人,
都已甜蜜地去会梦神。
艾尔米和快乐的幽灵
这时飞到高高的顶楼里,
楼里一片深沉的寂静,
克罗波夫③坐着三条腿的破椅,
正伴着纸、笔和酒瓶,
在案头沉思,并且以他的

---

① 巴纳斯,据希腊神话,是太阳神阿波罗居住的山。
② 艾尔米是希腊神话中的神之信使。
③ 指 А. Ф. 克罗波托夫(1780—1821),《德谟克利特》(民主党人)杂志的发行者。

粗野下流的、夸张的文体
为了纠正我们的罪孽,
把散文和诗行努力堆砌。
"这是谁?""是'德谟克利特'的
出版家!他确实很滑稽,
他倒不奢求诗人的桂冠,
只求有时候能博得一醉。
读他的诗固然令人厌烦,
但他的散文啊,叫一切人受罪!
怎么办呢?这一个可怜虫,
老兄,可值不得我们嘲弄,
我们不如飞离这顶楼,
看看俄国的精通的歌手。"
"好吧,天使,让我们飞开。"
于是两位旅客,在两分钟内,
便到了赫瓦斯托夫的书斋①。
我们的好诗人还没有睡,
正把一首颂诗碰运气串联;
他像一个殉道者苦着脸,
又画,又涂,又出汗,又得意,
只为了使大家嗤之以鼻。
他端坐着,把笔衔在口中,
忧思着,鼻子还不断哼哼,
到处染上墨水,鼻烟末
也洒到了安娜绶带上②。
"啊呀,谁半夜还跑来找我?
我是在梦呓?还不够荒唐!

---

① Д. И. 赫瓦斯托夫伯爵,"俄国文学爱好者座谈会"的成员,是一个富于写作癖的拙劣诗人。
② 圣·安娜绶带是一种奖给贵族的勋章。

唉,我可怜的头脑怎么了?
冯维辛!真的是你,你来到?
慈悲的老天!……果然是他!"
"是的,正是我;普鲁东府君
允许我暂刻离开阴曹一下,
我是伴着阴界可敬的神
到世上来作片刻的访问。
赫瓦斯托夫啊,我的老伙计!
告诉我,你怎么打发日子的?
你健康吗?你过得可快乐?"
"唉,我吗?对不幸的诗人说,"
赫瓦斯托夫皱着眉回答,
"很久以来,还不是一事无成。
我直截了当地告诉你吧:
只要染上巴纳斯的热情,
你叫我上吊,我上吊都行。
我可以赌誓:我本事不错,
我又写又唱,什么都能做,
杂志赞扬过我的天才,
'阿斯巴兹①'把我当神祇膜拜。
可是,我仍居于诗人的末席,
老老少少对我冷言热语,
谁读我的诗都感到头痛,
我探头到哪儿,哪儿是嘘声;
评论家是我最凶的死敌,
一群顽童对我哈哈嘲弄。
只有个安纳斯塔西维奇②,

---

① 《阿斯巴兹》,一八一五年出版的杂志,它有一期曾对赫瓦斯托夫的诗加以赞扬。
② В. Г. 安纳斯塔西维奇(1775—1845),编纂者和杂志编者。据说他执行赫瓦斯托夫的各种文学任务。

我忠实的教子,读者和后继,
他写文章说:世世代代
将给我的塑像加上桂冠。
啊,这说法可真出人意外!
然而我自有我的打算。
要是我碰上一个理发匠
再以我遵命炮制的长诗,
在可怜的赫瓦斯托夫头上
缠起我残留的几根发丝,
那我将鼓起英雄的奋勇,
在稿纸上结束自己的一生,
而且在地狱里写个不停,
把格言念给小鬼们听。"
邓尼斯听了,只耸耸肩膀,
天庭的使者则哈哈大笑,
他对烛台扇了扇翅膀,
趁着幽暗,和冯维辛飞去了。
赫瓦斯托夫并不太惊诧,
他又安详地点燃起蜡烛,
叹口气,画个十字,呵欠一下,
便继续把他的作品结束,
到早晨,这篇颂诗算是写完,
他便散发它把全城催眠。

普洛斯塔科娃的著作人①
在对赫瓦斯托夫问候后,
又走遍了大大小小的城镇,
接连三夜访问幽暗的顶楼,
把俄国的诗匠都一一惊动。

---

① 指冯维辛。普洛斯塔科娃是《纨袴少年》中的人物。

坐在"绿丛"中的沙里诺公爵①
那诗人之花,梦神的爱宠,
正伏在稿本上细细描写
一朵朵小花,一堆堆树丛,
稿纸被他的叹气时时吹动,
又被他柔情的泪所湿润;
但这时,天外神异的阴魂
出现在多情才子的眼前:
啊呀,多可怕!他一阵眩晕,
幸好抓住了美人的衣衫。
还有你,好吹牛的斯拉夫人,
臭名昭彰的无动词大家②,
也看见了幽灵,脸色苍白,
连《彼得颂》也从手里滑下,
仿佛席席珂夫③朝你瞥一下,
你立刻吓得失神、发呆。
还有你,被神父抚育的人,
受着教堂执事唱诗的感应,
使批评家们心惊的老叟啊,
你也看到了可怕的阴魂④。
你那位纯洁无邪的女友⑤,
彼得堡谎言界的女神
和诗坛上枯萎的一枝花,
见了阴魂,吓得趴在地下。

---

① 即 П. И. 沙里珂夫(1767—1852),他写了一些多愁善感的作品。"绿丛"是指把四壁涂画成树丛的屋子。
② 指 С. А. 西林斯基——西赫玛托夫公爵,他主张不以动词押韵。一八一〇年,他发表了一首长诗《伟大的彼得、抒情之歌》。
③ А. С. 席席珂夫,是"俄国文学爱好者座谈会"派作家的首脑。
④ 指席席珂夫。
⑤ 指女诗人 А. П. 布宁娜,属于"座谈会"派,为席席珂夫所赏识。

还有那每月一次的伤心人,
专给年华已谢的风骚妇
无耻地发行一种"文库"①——
这不学无术的幼稚作家,
严峻的幽灵也拜访了他;
这缪斯的荣誉底维护者
好好给了他一顿臭骂,
(神童丘必特也没来救驾)
并且扯着可怜虫的耳朵。
看,冯维辛的手真是可怕!

"够了!我可不愿意再访问
拙劣的文客,白白浪费时间,"
冯维辛说,"而且,多么腻人,
呵欠得我宁愿再死一遍。
但哪里是喀萨琳的歌者②?"
"他吗,正在涅瓦河边作歌。"
"那么,他还没去斯蒂吉的③
河谷那边?""唉!""唉?告诉我,
你长叹一声有什么含意?"
"邓尼斯啊,北国的桂花已谢,
春天过去了,盛夏也逝去,
诗人的火焰随着冷却;
你自己就会看到这一切。
让我们飞去看看老歌者,
让我们听听他谈上片刻。"

---

① 指 Б. М. 费多罗夫(1794—1875),他发行《阿斯巴兹文库》,这是一种杂志,并写了一些多愁善感的诗,常提到爱神丘必特。
② 指著名诗人 Г. Р. 杰尔查文(1743—1816),著有《致费丽察》等颂诗。
③ 斯蒂吉,冥府的河名。

他们立即飞去,只三分钟,
就在明窗几净的书斋中
看到了《费丽察》的歌者。
可敬的老人还认识来客,
冯维辛立刻对他谈起
自己在另一世界的经历。
"那么,你在此是一个幻影?……"
杰尔查文说,"很高兴;
请接受我对你的谢意……
去去,猫儿!……请在这里坐;
去世的兄弟,多好的天气!
唔,这是很好的一篇颂歌——
请听吧,兄弟。"于是老人
咳嗽一声,把假发理了理,
就开始朗读自己的作品;
这是圣经经文的迻译,
一篇颂诗,集圣歌之大成;
神灵的额上露着惊奇,
垂首无言地听他朗诵:

"神圣奥秘之殿门开启!① ……
卢西弗②越出于无底深渊,
他温顺,但有雷鸣在额际。
拿破仑!哦,拿破仑来到世间!
巴黎啊,新的巴比伦屹立,
还有温和的、祭献的白羊,
像奇异的戈格③一样跃升,

---

① 这一节诗是杰尔查文作品,《为一八一二年自祖国驱逐法寇而颂》的模仿。他晚年的诗接近"座谈会"派,为普希金所不喜。
② 卢西弗,魔鬼之名。
③ 戈格,《圣经》中指为背叛天国的国王。

又像撒旦之灵一样灭亡,
魔鬼的势力已无影无踪!……
哦,谢主上帝,请听颂扬!……"

"哎呀!"我们的讽刺家叫道,
"这种诗歌真是绝顶高超!
连已故的鲍布罗夫先生
都无法探讨出它的奥妙;
你怎么了,杰尔查文老兄?
唉,你的命运也和牛顿无异:
你既是天神——又是虫豸,
你带来光明,也带来黑暗……
走吧,天使,我心中难过,
我不能自持这一腔肝火。"
一转眼,他就飞上了天。

"这是多么奇怪的现象!"
冯维辛对他的同伴嘟囔。
"得了,用不着无谓的烦恼,"
艾尔米带着讪笑答道,
"名声赫赫的罗蒙诺索夫
曾经在宾得山上发过怒,
他看见在俄罗斯人中间
竟有一个鞑靼人在高弹①
铿锵的竖琴,这就使得
北国的品达②暗燃着妒火。
但菲伯听到了谴责之音,
想要把那歌声压下去,

---

① 指杰尔查文(作为《费丽察》的歌者)。
② 品达,是古罗马的抒情诗人。此处指罗蒙诺索夫。

于是我们的杰尔查文
结结巴巴地把启示录翻译。
邓尼斯啊,他将会永垂不朽,
唉,但他又何必活这么久?"

"该回去了,"把凑韵家一伙
吓坏了的幽灵对天使说,
"我已经倦于游历人间,
让我们快些离开俄国。"
但是,在幽暗茂密的林间,
临近一条喧响的小河,
他们突然看见一所茅屋
在辘辘旋转的石磨旁,
篱门前一条细窄的小路,
窗前弯垂着一株老枫树,
丘必特正守在门槛上
冷笑着把一群雕刻家驱逐。
"这儿必住着诗人,"幽灵说,
"进去吧!"但他们看到什么?
躺在床上,头戴着玫瑰花冠,
是一个年轻的田园歌者,
美丽的丽拉伴着他睡眠,
他几乎没有被盖的遮掩,
酒醉得红了脸庞,忘情地
在那温柔乡中喃喃呓语。
冯维辛吃惊地注视着。
"他看来很面熟,他是谁呢?
他是不是杰出的巴尼?
是安纳克利融?克莱斯特?"
"他不弱于他们,"天使说,
"格拉茜、爱神和缪斯

把桃金娘花冠给他戴过，
菲伯对自己的这个娇子
曾以金色的芦笛相赐；
不过，他被慵懒所束缚，
只知道饮酒、嘲笑和昏睡，
或伴着年轻的丽拉欢乐，
全忘了自己是个歌者。"
"那我就唤醒这个荒唐鬼，"
冯维辛气冲冲地说，
一转瞬就拉开了帐帘。
歌者听到了神的呼唤，
不快地醒来，在那羽毛榻上
懒伸着手，勉强向外望望，
便把身子翻到另一边，
又堕入了深沉的梦乡。
我们的主人公该怎么办？
只有翘着鼻子，走回私房，
独自嘟囔着一些怨言。
我听说，似乎他异常懊丧，
把俄国人都痛加责骂，
这下面就是他的一段话：
"当赫瓦斯托夫埋头写作，
而巴丘希科夫静静地睡眠，
怎能有天才崛起于诗坛？
一切乱糟糟，不会有起色。"

安纳克利融的坟墓　1815

一切都神秘地静歇，
山坡披一层幽暗。
一钩弯弯的新月
浮游于明亮的云间。
我看见一只七弦琴
在坟墓上恬静地安睡；
只偶尔有悒郁的声音
仿佛倦慵的低回，
在死寂的琴弦飘荡。
我看见斑鸠在琴上，
玫瑰丛里花冠和酒杯……
啊，朋友，在这人世间
安息了情欲的智者。
但在云斑墓石上，请看：
石斧又使他复活！
这里，他对着明镜慨叹：
"我苍老了，来日不多，
我要赶快享受人生，
唉，它并非永久的馈赠！"
这里，他举手抚琴，
皱着眉，心事重重，
原想歌唱战争之神，
却只唱出人间的爱情。
这里，他准备把债务
最后一次向自然还清，

老人在跳着圆舞,
想止熄欲望的燃烧。
环绕着白发的情人,
少女们歌唱和舞蹈;
是从那吝啬的时辰
他偷来了几分,几秒。
于是,缪斯和美底女神
把宠爱的人送到墓中。
那玫瑰呢,常春藤呢,
啊,它们所编织的游戏
也随着他无影无踪……
他去了,像飘忽的美感,
像爱情的欢乐的梦。
世人啊,生命只是虚幻、
快抓住嬉笑的欢情;
要把酒杯常常斟满,
尽情享受生命的华筵;
要让情欲奔放不羁,
等酒饮完了再去安息!

寄尤金书[①] 1815

亲爱的朋友,你想要知道
我的梦想、愿望和志趣,
并想带着友谊的微笑
倾听我幽静而单纯的芦笛。
可是,谁知道? 这游戏的诗人
如此囿于青春的梦幻,
是否能对世人有条不紊
以生动而迅速更替的画面
指出幻想对我描画的种种,
在那金色的青春岁月中?

如今,我享受着静谧的慵懒,
隐居在这僻野的村屋,
被情感的锁链所系住;
在我的茅舍里,看不见
任何虚浮的豪华的装饰,
我却以怜悯的微笑望着
那些可怜的富人的奢侈,
而只以自行其是为乐;
对于金山我毫不羡慕,
我不知明天,也不知昨日,
贫贱的命运已使我满足。

[①] П. М. 尤金(1798—1852),普希金的中学同学。本诗描写了普希金在莫斯科近郊萨哈洛瓦田庄上所度过的暑期生活(1806—1810)。

我想:"那些金刚钻、红宝石、
黄玉、云斑花瓶等贵重玩具,
对于歌者说,有什么必要
把它陈设在室内的四角?
他何必穿阿尔比安的毛呢?
何必以里昂华丽的丝罩
把时式的桌椅都套上?
在卧室里摆着披巾的床?
他岂不最好到遥远的村中,
或者找一个和煦的小城,
远离京都、忧虑和喧嚣,
在平静的一隅自在逍遥?
那里不知什么是豪华,
在节日里也能喘息一下!"
啊,但愿有那么一天
诗人的梦想能够实现!
难道他已经被注定
不再尝到孤寂的情趣?
我似已看到我的乡村,
我的萨哈洛瓦;它那栅篱
直伸到波流荡漾的河上,
小桥和茂密的树丛都倒映
在明镜的水面。我的小房
就在山坡上;从凉台走下,
我可以走到愉快的园中,
在那儿,花神和波蒙娜①
总给我以花和果的馈赠,
一列幽暗的老枫树在那儿
高高耸立,直伸入苍穹,

---

① 波蒙娜,神话中的花园与果树之神。

而白杨飒飒地发着喧声。
破晓时,我匆匆拿起铁锹,
穿过草地的曲径到花园,
去灌溉玫瑰花和郁金香,
在清晨的操作中感到舒畅。
就在那儿,一株橡树低垂,
我伴着贺拉斯和拉封丹
在树下沉入美妙的梦幻。
在附近,一条喧响的溪水
在潮湿的两岸间奔走,
它那怒奔的明亮的清流
没入邻近的树林和草地。
日已正午。在明亮的客厅里,
圆桌上铺着一片欢乐,
洁净的桌布上是殷勤好客,
杯中倒满酒,菜汤在冒气,
盘子里躺着一尾梭鱼……
邻居们是说笑的一群,
走进来,打破了寂静;
坐好了,啊,请听碰杯的声音:
大家赞扬着波蒙娜和酒神,
还赞扬与他们同在的丽春……

就是在这幽寂的书斋里,
我这倦于莫斯科的人
远离开那些骗人的艳丽,
远离开种种忧心如焚,
还有那狡狯的媚人精:
全世界都受到了她的捉弄,
她不断地吹嘘这一点,
而且还以为这是光荣——

就在这里,伴着单纯的自然,
我献身于哲理的消遣
和嬉笑的、年轻的缪斯……
这就是我的炉边——在秋季,
临近黄昏,当风暴在猖狂,
我爱坐在幽静的隅落里,
对着炉火沉郁地梦想,
或者翻阅伏尔泰、魏兰①,
或者,一时来了灵感,
也许胡写它几段诗章,
以后就把作品化为灰烬……
就在这儿……但一些幽灵
才从魔幻的灯中出现,
便又在白布上闪过、不见;
无数的梦来了,又消失,
像是阴魂碰上了晨光。
有时,当我在静谧的斗室,
把自己整个沉没于幻想,
并以随意而慵懒的手
在这里那里铺展着韵,
我听到马的蹄声和嘶吼,
在我窗下,一个骠骑兵
正披着明晃的披肩驰过,
他的绣花鞍褥耀人眼睛……
啊,纯朴迷人的乡间景色,
哪儿还有你平静的形象?
在那战火遍燃的山谷里,
我展开幻想之翼飞翔,
营中的灯火正要燃熄,

---

① 魏兰(1733—1813),德国诗人、小说家。

就在营火间,裹着斗篷,
伴着一个有髭的老哥萨克,
我躺着——远方刺刀在闪烁,
剽悍的马嘶鸣,咬着缰绳,
还不时有轰隆的炮声
从高山坡上传到帐中……
我的心充满敌忾而抖颤,
在钢刀闪耀下,我的眼睛
冒着火,连我也跑上前,
挥舞着刀去砍杀敌人。
我的骏马像一只鹰鹫,
载着凶恶的战士冲进敌阵,
不断地劈击左右前后。
哦,请你,祖国的卫护神,
保护这青年在战斗中!
看,那砍钝的剑铮铮震响,
他的羽毛盔在头上颤动;
车尔吉斯斗篷披在肩上,
他无言地紧靠着马鬃,
飞箭般驰过光滑的平原,
口衔着雪茄,喷着轻烟……

但终于,戴着胜利的桂冠,
战士们享受着和平的饮宴。
我忘了那战斗的荣誉,
重奔向自己谦卑的港湾;
在战场和荣誉的园地,
我只能看到拐杖和残疾,
怎能再恋于仇恨的剑?……
啊,在模糊的远方,我已看见
我的小房舍,幽暗的丛林,

附近的池塘,篱栅,菜园……
啊,我又成了朴素的哲人,
归隐在这平静的桃源;
我忘了世界,也被它忘记,
重又享受到心灵的静谧……

告诉我,我心灵珍贵的友人,
友谊和爱情是否只是梦?
直到如今,在无忧的欢笑中,
在玫瑰路上流过我的光阴。
我的心怀真纯而明朗,
从不知道爱情的悲伤,
但岁月一天天地飞逝了,
我童年的踪迹哪里去了?
我已丧尽了动人的岁月,
最初的花朵已经枯凋!
如今,我看到可爱的蝴蝶,
心灵已不会快乐、欢跳,
尽管它随着轻风的飘曳,
不断在空中飞旋和舞蹈。
我只感到难以理解的不安,
内心在燃烧,血在沸腾,
一切以心灵懂得的语言
在对我诉说温柔的爱情……
啊,我金色的岁月的知己,
我美丽的童年的伴侣,
我能看见你吗,眼珠的光明,
亲爱的苏式科娃①,心灵之友?
到处,你的形象都在我心头,

---

① 索菲娅·苏式科娃(1800—1848),普希金在跳舞班上认识了她。

无论在凄凉午夜的幽暗中，
或是在金色的晌午时光，
我总看见你可爱的倩影。
仿佛是，在静悄的晚上，
在幽暗的小巷的尽端，
我看见你沉思而怠倦，
你的视线低垂到胸前，
你苗条的身上没有披肩，
你的两颊为爱情而羞红。
一切静悄悄；月亮闪着光，
白杨树在阴郁地颤动，
夜幕已落在远处的山岗，
小树林的阴影随波流动
在沉睡的、月光粼粼的水上。
啊，在那浓密的柳树阴，
我又见你倚着我的木杖，
独自和我站在树林中；
而在幽暗里嬉戏的风
在你的玉胸上拂着清凉，
它把你的卷发戏弄地吹，
并在你的雪白的衣裙上
描绘出你那秀丽的腿……
又仿佛是，在深沉的冬夜，
我在你的高楼前踯躅，
等待着我心爱的美人。
雪橇备好了；夜色昏沉；
一切在安睡，只有我在苦恼，
盼望时钟懒懒地一敲……
突然，似有沙沙声在雪地，
啊，我已听到甜蜜的低语——
原来美人儿走出了门廊，

正悄悄走来,屏着呼吸,
于是少女拥抱了情郎。
马儿奔驰着,奔向远方,
长长的鬃毛在风中飘扬,
转眼进入了冰雪的荒原。
你怯懦地紧靠在我胸前,
喘不出气。啊,我们愣冲冲,
都在情感的激动中沉默……
但怎么?幻梦已飞去无踪!
唉,这场梦使我多么快乐!……

在缪斯喜爱的静谧中,
友人啊,我以单纯的芦笛
向你唱出了我的幻梦,
那一切年轻歌者的宿命。
只要向缪斯和灵感皈依,
只要愿意随幻想飞翔,
即使在可怕的灾祸之途上
你也能找到心灵的欢乐。
因此,何必要等克劳弗①
编织灿烂的幸福的时刻?
人世的欢乐全在于梦想,
诗人的威力比命运更强。

---

① 克劳弗,罗马神话中的命运之神。

给一位画家① 1815

啊,美神和灵感之子,
请趁着火热心灵的氤氲,
以你多姿而潇洒的画笔
描绘出我心上的友人;

绘出那妩媚的纯真之美,
和希望底姣好的姿容,
还有圣洁的喜悦的微笑,
和美之精灵的眼睛。

环绕希比②的颀长的腰身
请系住维纳斯的腰带,
请将阿尔般③隐秘的珍宝
给我的公主周身佩戴。

请以薄纱的透明的波浪
遮上她那颤动的胸脯,
好让她暗暗地叹息,
她不愿意将心事透露。

---

① 本诗是写给诗人同学 A. 伊里切夫斯基的,他在校中以善绘著称,所绘的是巴库尼娜的肖像,她为许多皇村学生所钟情。
② 希比,主宰青春的女神。
③ 阿尔般,罗马北方已熄灭的火山。

请绘出羞怯的爱情之梦，
然后，充满了梦魂之思，
我将以幸福的恋人的手
在下面签写我的名字。

一八一六年

髭　须　1816

（哲理颂诗）

一个骠骑兵斜着眼瞟着
弯卷的髭须，神气地微笑，
并且用手指把它捻拈；
一个智者，胡子已经刮掉，
默默地摇着头，叹口气，
便对多髭的小伙子说道：

"骠骑兵啊！一切在月下腐烂；
仿佛是后浪赶着前浪，
帝国和时代都接替逝去。
请问：哪儿是巴比伦城墙？
哪儿是克列昂①的一出戏？
一切已随时流沉没、消亡。

"你的髭须直卷到耳后，
受到美酒和甜酒的浸润，
它只骄傲于青春的美姿，
从不知道剃刀的锋刃；
它总是闪着眉黛的光，
被梳子和手梳得温存。

---

① 克列昂是纪元前五世纪雅典的英雄，主张对斯巴达侵略者作战，死于战役中。

"为了使英挺的胡子不乱,
你用赫瓦斯托夫的颂诗
入夜就把它悄悄包裹,
也不敢在枕头上贴靠鼻子,
你沉睡时还把它抚摸,
次日清早又把它卷曲。

"在漫长的欢乐的夜宴里,
你坐在白发的骠骑兵们
和黑髭须的小伙子中间,
啊,快活的宾客,热情的恋人,
你要祝福谁而打碎酒瓶?
祝福髭须、马和美人们。

"战斗的恐怖一刻临头了,
炮弹在队伍里爆炸,轰鸣,
可是你呢,坐在马鞍上,
一点不慌神,还保持本性!
你先用手卷一卷髭须,
然后才握住忠实的剑柄。

"被美色的魔力迷住了,
和可爱的娇人守在一起,
你感到苦闷——便用一只手
为了平息激动的情欲,
在美人的胸前随意游荡,
另一只手拈着挺拔的髭须。

"骄傲吧,骠骑兵!可是记着
世界上的一切很快都逝去——

害人的时光有如飞箭,
桃红的面颊换成黄脸皮,
黑色的卷发会变为花白,
暮年将揪去你的髭须。"

摘自寄 П.А. 维亚谢姆斯基公爵函[①] 1816

这样才福气:居于城中
繁华声里冥想着孤独,
只是从远处瞭望和赞颂
一片荒野,菜园,村屋,
山岗和寂静的林丛,
活泼的小溪流过山谷,
甚至是……牧童和牲畜!
快乐的是:和几个知心
桌边絮谈直到夜深,
并且以俄文诗去冷讥
那一群斯拉夫的蠢人;
快乐的是:不为了乡居
就舍弃繁华的莫斯科,……
要爱抚自己的恋女
不在梦中,而是醒着!……

[①] 彼得·安得列耶维奇·维亚谢姆斯基公爵(1792—1878),俄国诗人。

摘自寄 B. Л. 普希金函[①] 1816

基督复活了,菲伯的养子!
但愿上天给我们以仁慈
使理性能在俄国复生,
唉,不知如何,它似已消失。
愿上帝把和平与安静
在普天之下恢复给人间,
以便在可敬的科学院,
院士们能从梦中清醒;
以便使祖先的美德
在这罪孽的时代复活;
以便不顾西赫玛托夫们,
一个新的布阿罗[②]出生——
那宗派和愚蠢底见证,
并且随他而来,更多的银
更多的金能出现,等等。

可是,求上帝万勿鼓动
已死的散文和诗歌复活。
但愿我们无须从遗忘中
唤起去世的鲍布罗夫先生,
(自然,他值得文丐唱赞歌)

[①] B. Л. 普希金是诗人的叔父,属于和"俄国文学爱好者座谈会"对立的文学团体"阿尔扎玛斯"。本诗讽刺了"座谈会"派的诗人们。
[②] 布阿罗(1636—1711),法国古典主义批评家。

还有安静的诗人尼古列夫,
不安静的伯爵赫瓦斯托夫,
和这世间的一切文客:
他们都写得过于智慧,
就是说,如此冰冷而昏聩,
简直是可耻,简直是罪过!

梦 1816

（片断）

就让卖身的诗人焚香顶奉，
祈求幸福和人言吧；对于我，
仕途是可畏的，我幽暗的一生
将在荒芜的小径无闻地度过。
尽管歌者以高歌入云的赞颂
向那些半人半神们奉献永生，
我的声音是低回的，我的琴弦
不会大声扰乱这寂静的港湾。
尽管别人歌唱奥维德①的爱情，
但西色拉未曾给我以平静，
爱神没为我编织幸福的日子；
我只歌唱梦神无价的恩赐；
我只想教人怎样在静谧中
享受着恬适的、深沉的梦。

来吧，懒散！请来到我的乡居。
这儿的清凉和平静在召唤你；
我只把你看作是我的女神，
一切齐备，只等你，年轻的客人。
这儿一切安静；讨厌的音响
躲在我的门槛外；在明窗前
垂着透明的纱布，甚至在白天

---

① 奥维德，纪元前一世纪的罗马诗人，著有《爱的艺术》。

幽暗的壁龛也由黑暗称王,
难得有不忠的日光偷袭。
这儿就是我的卧榻,我呼唤你:
来吧,到这儿来作我的女皇,
此刻我是你的俘虏,请教我,
把着我的手吧,这儿是彩色、
画笔和琴,一切都归你掌握。

而你们,我妩媚的缪斯的朋友,
你们抛开爱的枷锁,也厌烦
世上的权力;自然,你们只祈求
平静的梦;智者啊,你们会惊叹:
是为了你们,我把梦神的宝座
如今缠绕以诗歌的花环;
只为了你们,我唱着幸福的歌。
请带着宽容的笑倾听我吧,
倾听我的诗,这享乐的一课。

在自然指定的安逸的时刻里,
你们可愿意每逢这机会
在夜阑人静中,就忘我陶醉
在嬉笑的幻梦的怀抱里?
那就快去到乡下平静的屋檐,
到那儿去悠游自在地生活,
那儿真是乐园,和城市离远,
就不会有烦嚣把懒人折磨。
我承认,在城市,你可以整天
和美人儿追逐欢乐那幽灵,
在社交界炫耀,对手帕打呵欠,
在夜舞会的镶花地板上旋转,
但是,你可会尝到梦的欢欣?

夜影降临了——我只想睡觉，
我愿意被夜的幻影所蒙骗，
可是在窗前，却有灯光照耀，
那是一辆疯狂的四轮马车，
金色的轮子隆隆滚响而过，
载着"骄傲"在我的窗下飞跑。
我再睡下，但街路又在颤动，
是"娱乐"奔向厌腻的舞会……
我的天！难道人躺在这屋中
只为了整夜为失眠所撕碎？
马车又在响，而东方已经闪亮，
我的梦呢？是否顶好去到乡间？
在乡下，林中树叶簌簌地响，
草原上隐蔽的河水潺潺，
金色的田野和山谷的幽静——
一切都会使梦魂逐渐就范。
啊，甜蜜的、不受任何干扰的梦！
只有公鸡一旦被晨光唤醒，
也许会发出尖声的啼唤，
它是危险的——它可能扰乱。
因此，就让苏丹们以把母鸡
关在远远的后庭而自傲，
或者是农民都聚集在野地，
但亲爱的朋友，我们想睡觉。
这样的人百倍有福了，若是能
远离京都、马车和公鸡而入梦！
然而别以为，在平静的乡居，
你们不经任何劳动，就可以
白享受甜蜜而快乐的夜梦。
那怎么办呢？——动一动呀，先生！

慵懒虽可嘉,但凡事都有限度。
请看:克利特在枕席上变老,
他一生患病,萎靡而痛苦,
一生坐伴着关节炎和苦恼。
白天到了,不幸的人咳嗽一声,
叹口气,便从床上爬到沙发,
坐在那儿一整天,等暮色朦胧,
夜雾遮盖了光,向黑暗扩充,
克利特又从沙发爬到卧榻。
这不幸的人怎样度着一夜夜?
可是在平静的梦里,令人愉悦?
不! 梦对他不是喜悦,而是痛苦。
梦神没有在他疲倦的眼皮
以沉重的手指洒下罂粟,
阴沉的夜是一串迟缓的时计
在可怜人的眼前向前推移。
我不想学良友别尔舒①来规劝,
要你们做一些重体力劳动,
如用锄头耕地,或打猎消遣。
不,我只想请懒人去到林中:
我的朋友,那儿清晨多么美好!
田野静悄悄,透过树丛的淡影,
新鲜的晨光闪得明朗而骄傲!
一切是明亮的,互相争胜:
流水在淙鸣,河岸静静地闪烁,
露珠还垂在嫩绿的茂草上,
金色的湖水没泛起一丝微波。
我的朋友,请拿起你的手杖,

---

① 别尔舒(1765—1839),法国诗人,他有一篇诙谐长诗《美餐》,劝人从事体力劳动,如使用锄头铁锹等,以增进食欲。

去到林中,去到山谷里游荡,
爬到陡峭的山顶,筋疲力尽,
那你在长夜里必然梦深。

只要等夜影布满了天空,
就让那欢乐之神,人生的欣慰,
带着他那广阔、丰满的酒杯
来主宰吧:啊,酒神及其随从!
朋友,请和他适度地宴饮,
请把三杯冒泡的红酒斟满,
但可别教肥胖的饕餮之神
鼓着红面颊来叩你们的门。
我也欢迎他,但只是在午餐,
在正午,我爱选取他的赠品;
但在晚上,确实,我对他的邻居
有远远多于给他的友谊。
别吃晚餐——这是神圣的定律,
假如你最珍视飘忽的梦!
智慧的慵懒之子啊,请注意
安静是个会骗人的幽灵。
别做白日眠:啊,可悲,可悲的是
谁惯于在白日睡几个小时!
哪儿有恬静?不过深沉的无知。
真正的梦早已远远飞去了。
你不知快乐的梦的味道,
你的一生将是难忍的苦恼,
睡时厌腻,醒来时还是厌腻,
你的岁月将永远暗淡地流去。

然而,假如你能够露天睡觉,
在山下奔泻的泉涧之旁,

让迷人的梦,那疲劳的酬报,
在激流声中朝着山野飞翔,
它以朦胧的纱遮上你的眼,
终至以轻柔的手拥抱了你,
在软软的绿茵上把你荫蔽——
啊,在喧响的水边入梦多么甜!
那就由你继续不断地安眠,
我只有羡慕幸运儿的福气。

有没有这种时候,在冬季,
当天气阴霾,暮色静静凝聚,
你独自坐在书室,没点蜡烛,
四周静悄悄,只除了白桦树
在轻响,你的窗前逐渐幽暗,
天花板上只有幽光在飘浮;
煤火闪烁着,淡蓝色的烟
好似雾气,旋卷着飞入烟囱;
就这样,梦神以隐秘的魔杖
把一切化入不真实的朦胧。
你的眼睛模糊了;在你手中
《天真汉》合起来,突然落在膝上,
你手摊在桌上,轻舒一口气,
头也从肩上垂落到胸前,
于是睡着了! 平静掩盖着你,
意外的梦比许多梦都更安恬!

梦神我友啊,我长久的慰藉者,
精神之病痛的神妙的医生!
我愿意永远向你顶礼祀奉,
你早就给你的信士带来福泽。
我怎能忘记那美妙的时辰,

我怎能忘记那金色的时光,
当我隐蔽在一角,在黄昏,
呼唤着你,静静地等你来访?
我不爱自己絮叨个不完,
但我却爱把童年的回忆讲述。
啊,那是迷人而神秘的夜晚,
我的老妈妈,穿着旧时的衣服,
戴着寝帽,一面祷告驱逐精怪,
一面诚心地为我画十字祝福,
接着就低声地讲起故事来,
讲到死人和鲍瓦的业绩……
我吓得不敢动,也不敢出气,
只裹紧被盖,甚至感觉不到
哪儿是自己的头,自己的脚。
在神像下,那泥制的灯烛太弱,
仅仅能照出她那深皱的前额;
那珍贵的古董,曾祖的头壳,
和突出两颗牙的长大的颚,——
都给我带来不自主的心跳。
我颤栗着——而终,倦慵的梦
不知不觉地落上我的眼睛。
那时啊,就有成群的幻象
展着翅,从青天飞临玫瑰榻上,
男的和女的精魅在飞翔,
以各种欺骗迷惑着我入梦。
我陶醉于断续的甜蜜的思想;
在森林里,在穆罗姆①的荒野中,
我遇见了勇猛的波尔甘们

---

① 穆罗姆,俄国古代城名。

和杜布伦尼亚们①；啊，年轻的心
就在这臆造之境里任意驰骋……

然而，无忧的夜啊，你已逝去，
我已经达到青春的年龄……
把阿尔比安的柔情的彩笔
拿给我吧，好教我把爱情的梦
描画一番。唉，这春梦已残断，
它才生于热情，又毁于热情中。
我醒了，还在寻视明朗的天，
但一切死寂；月亮遮进了云层，
在我周身只有深夜的暗影。
我的梦完了！悠游过巴纳斯的我
已不再在静夜里推敲韵律，
我早已不见彼加斯和菲伯，
也不再访问老缪斯的故居。

我不是英雄，不想追求荣誉；
我不想为它牺牲柔情和安逸，
夜晚的恶战并不令我动心；
我不是富豪——没有狗看门，
不会有吠声惊扰我适意的梦；
我也不是恶徒，不至在梦里
苦苦看到血腥的阴魂而激动，
骇怕那由偏见而滋生的魔影；
啊，在可怕的深夜，苍白的"恐惧"
绝不会阴沉地在我脑海凝聚。

---

① 波尔甘和杜布伦尼亚，都是俄国民歌中的英雄，但时常用在反义语上。

对奥茄辽娃即兴而作① 1816

无言的,坐在你面前,
我白白地感到痛苦,
我望着你也是枉然:
幻想留在我的心坎,
我不能照实对你说出。

---

① 伊丽莎白·塞尔盖耶夫娜·奥茄辽娃(1786—1870),参议院议员之妻,普希金在皇村卡拉姆金家中见过她。

窗 1816

不久以前,在薄暮的时刻,
当天空凄清的月光
在朦胧的幽径上流过,
我看见了一个姑娘
独自守在窗前,沉思郁郁;
秘密的惊惧使她的胸脯
呼吸紧促,她激动地
探望山岗下黑暗的小路。

"我在这儿!"有人低声叫。
于是这姑娘把窗户
悄悄地,颤巍地打开了……
月亮躲进了夜的帷幕。
"幸运儿!"我惆怅地想:
"那等待你的只有欢快。
等哪一天,快到晚上,
也有窗子能为我打开?"

致茹科夫斯基 1816

祝福我吧,诗人!……在巴纳斯的庙宇
我对着缪斯,颤栗地跪倒双膝,
我怀着希望飞上了危险的途径,
菲伯为我抽卦签,竖琴是我的命运。
我怯生生的,害怕不光荣的跌落,
然而,却又无力抗拒强烈的诱惑;
我听到的,不是可怕的死之宣判,
因为啊,那隐居于世代的神圣法官——
那"过去"的忠实守卫,缪斯的知心①,
(在苍白的嫉恨中,他无畏而坚定)
曾以殷勤的关注给了我以鼓舞;
对我薄弱的才能,狄米特里耶夫
也曾微笑地赞赏;我们光荣的老叟,
那才气飞扬的、帝王的卓越的歌手②,
曾经含泪以颤抖的手拥抱过我,
并且以我未知的幸福向我祝贺。
而你,天资独厚的歌者!那岂非你
向我伸出手来,宣告神圣的情谊?
我怎能忘记那一刻,在你面前
我默默地站着,我的灵魂像电闪
飞进了你崇高的灵魂?啊,那一刻
是火热的灵魂在激动中秘密结合!

---

① 指历史学家、作家克拉姆金(1766—1826),他著有俄国史。
② 指杰尔查文。

不,不！我决定了——不怕危难的途径,
我对未来已充满了大胆的信心。
不朽的创作者啊,诗园的后继,
你们给我指出了朦胧远方的标的,
我要凭勇敢的幻梦向"不可知"飞翔,
似乎你们的精灵正掠过我头上！

可是呢？在巴纳斯的阴森峭壁间,
是怎样的景色在我的眼前呈现？
在那幽深的洞穴,在可怕的黑暗中,
全是敌意和嫉妒底孪生子在蠕动①;
干练的左依尔们②,那为荒唐的胡话
效力的卫士,正汹汹坐待崇高的作家。
在远处,粗野的竖琴在尖声嚎叫,
瓦兰人③的诗句尖叫着瓦兰的格调,
只有笑声回答它们;在群氓之上
有两个幽灵却对这一群垂顾赞赏④。
有一个高坐上一堆散文和诗歌,
那是北国笨拙的艺匠的花果:
颂诗和叙事诗累累,早被人埋葬！
这虚弱的凑韵家微笑着聆听嚎丧,
在他前面,蒂列马赫苦恼地呻吟;
他挥着铁笔,只不断地刷刷作声,
从而拖出了一串枯燥的六步格,
生硬的扬扬格、艰涩的扬抑抑格。
啊,以勤奋的诗灵而扬名的歌人,

---

① 指"座谈会"派,下同。
② 左依尔,古希腊的酷评家。
③ 瓦兰人,属北欧诺尔曼族,俄国贵族即其后裔。
④ 指《蒂列马赫颂》的作者,特列佳科夫斯基和苏玛罗珂夫(1717—1777),后者写有颂诗寓言诗等。

自豪吧——你梅维的夸张的化身①！
但在热狂供奉的烟雾里，那是谁
站在那儿，为蒙昧的友朋所包围？
只见他们发出一片热烈的赞誉声：
而他，正用韵律把心智和风尚教正；
那可是你，外国课程的愚笨的学徒，
又骄傲、又嫉妒的苏玛罗珂夫？
无力而冰冷，你的智力也非常平庸，
幸而凭偏见拿到了桂冠一顶，
接着跌下了宾得山，被拉辛所诅咒！
难道他那样的侏儒能和巨人角斗？
难道他能向我们不朽的歌者，
北国的珍奇，俄罗斯人的欢乐②，
来争夺桂冠？……啊，怎么成！他只能
默默地沉入寂静的忘川河中，
湮灭底印记已经烙上他的前额，
对未来的世代，他又能教导什么？
优美之神不会亲近冷嘲的芦笛，
粗鲁的手指在竖琴上变为麻痹。
即使梅维③能将他高高地评价——
布阿罗一出现，沙别林就会融化④。

为什么如此？因为低级的趣味
永远是低级的，愚昧只培养愚昧。
它掩护他们在这幽暗的港湾，

---

① 梅维，是罗马名诗人维吉尔的敌对者。这里以苏玛罗珂夫比作梅维，因为他和俄国文学奠基者罗蒙诺索夫是对立的。
② 指罗蒙诺索夫。
③ 此处"梅维"指 A. C. 席氏珂夫，因席氏珂夫和卡拉姆金是对立的。
④ 德普利欧·布阿罗(1636—1711)，法国古典主义批评家。自从他将沙别林的作品《奥尔良的少女》否定后，沙别林即丧失了诗人的声誉。

大家就大胆地铸造散文和诗篇；
他们肆意与学术为敌；聋，但不哑，
却都爱把尼康①风格的长诗印刷；
有的把斯拉夫派的颂诗堆成山，
还有的尽在狂暴的悲剧里嘶喊；
有一个为了忠于叛乱的会章②
便把瞌睡的缪斯硬拉到舞台上，
妄想这就能从巴纳斯赶走天才。
他的手直抖，击又击不中要害，
白白拿着嫉妒的匕首冲锋上阵，
联句伤了他，杂志把他贬入灰尘，——
批评家一嘘，他便逃向他的伙伴……
他们给菲斯皮斯③编了个罂粟花冠。
大家在一册《蒂列马赫颂》搭上手，
宣誓要为自己一伙的耻辱复仇，
这狂暴的一群于是奋然崛起。
倒霉吧，谁要能以诗琴感动少女！
谁要是生而有一颗多情的心，
谁要是敢于以轻松的讽刺嘘人，
谁要是能以正确的语言写作，
并且不甘于对俄国的蠢才击额！……
他必是国民公敌，败德底传播者！
詈骂会像箭雨在敌人头上洒落。

你们也起来了，巴纳斯的膜拜者，
被自然和劳作所陶冶的歌者，
你们以学术和风趣可喜的异端

---

① 尼康，俄国十七世纪的教长。
② 自此以下，描写"座谈会"派剧作家沙霍夫斯基。
③ 菲斯皮斯，传说为古希腊悲剧的奠基者，这里讽指沙霍夫斯基。

起而打击蒙昧底狂妄的友伴。
天才的复仇者,真理的卫士,诗人!
从天庭散发生命和永恒的光明①,
阿波罗的右手终于以致命的箭
击败和射穿了凶恶的毕冯。啊,请看:
奥泽洛夫的精灵遍身为敌人射伤,
他的火把熄灭了,也垂翅不再飞翔,
他在朝你们呼喊:复仇啊,朋友们!
那受辱的风趣和学识在告诉你们:
向敌人反击! 菲伯、缪斯在你们一边!
快以血腥的诗句把野蛮人射穿;
愚昧(那无知而骄傲的一群修辞家)
受挫了,就会把冷冷的目光垂下……
然而我看到:宣扬真理会惹是非,
梅维②已经对我恶狠狠地皱眉,
并且高喝一声,对才智宣判了死刑。
但忍受迫害,难道也是我的宿命?
怕什么? 我要勇往直前,向远方注目,
一面赞助学术,一面受你的支助,
他们的恶毒我是不怕的;对于我,
坚定的卡拉姆金和你就是楷模。
那疯狂卫士的叫喊又与我何干?
就让菲伯唾弃的那群人座谈,
既然上天没给他们以诗文的才赋;
越是出名,声名越给他们带来耻辱;
他们的作品只能引起智者的笑声,
从幽暗升起的还要跌入幽暗中。

---

① 以下指剧作家奥泽洛夫。普希金认为奥泽洛夫因打击了沙霍夫斯基,终于被后者的奸计所害。

② 指 A. C. 席席珂夫,"座谈会"派的首脑。

秋天的早晨　1816

一阵繁响；我孤寂的室中
充满了田野芦苇的萧萧，
我最后一场梦中的情景
带着恋人的丽影飞逝了。
夜影已经溜出了天空，
曙光上升，白渗渗地闪亮，
但我的周身却凄清、荒凉……
她已经去了……在那河边上
她常常在晴朗的黄昏徜徉；
啊，在那河边，在绿茵的草地，
我似乎看见心爱的姑娘
她美丽的脚所留下的痕迹。
我郁郁地踱进林中的幽径，
我念着我那天使的芳名；
我呼唤她——这凄凉的声音
只在遥远的空谷把她回荡。
我向小溪走去，充满梦想；
那溪水仍旧缓缓地流泻，
却不再波动那难忘的影像。
她已经去了！……唉，我得告别
幸福和心灵，在甜蜜的春光
到临以前。秋季以寒冷的手
剥光了白桦和菩提树的头，
它就在那枯谢的林中喧响；
在那里，黄叶日夜在飞旋，

一层白雾笼罩着寒冷的波浪,
还时时听到秋风啸过林间。
啊,我熟悉的山岗、树林和田野!
神圣的幽静底守护!我的欢欣
和相思的见证!我就要忘却
你们了……直到春天再度来临!

真　理　1816

自古以来，智人就在寻索
那被湮没的真理的遗痕，
他们很久地、很久地解说
前人们的古老的议论。
他们认为："赤裸的真理
秘密地藏在井泉深处。"
他们快慰地饮一杯清水，
就叫道："我会把真理找出！"

可是，突然有谁（仿佛是
老头儿西林①）造福于人间，
他看出他们矜持的愚蠢，
清水和叫喊都使他厌倦；
于是，抛开了我们的猜谜，
他第一个想到了美酒，
他饮着，饮着，一滴不剩，
却看见真理在杯底里头②。

---

① 西林，希腊神话中酒神的养父，是一个快乐的，喝得醉醺醺的老叟，头戴着花，骑着驴子到处走动。
② 本诗基于一古代谚语："真理在酒中"，以及一个古老的故事：一个天文学家在观看星象时跌入井中，说"真理在井中"。

讥普契科娃[①] 1816

其 一

的确,普契科娃并不可笑,
她以笔支援了博爱的周刊,
虽然读者把她当作笑料,
她总算对残病者有了贡献。

其 二

为什么在每行娇气的诗里,
你总是嚎叫着,说你是少女[②]?
哦,我恍然大悟,女诗人夏娃,
你可是急于给自己找婆家。

[①] E. H. 普契科娃(1792—1867),"俄国文学爱好者座谈会"的女诗人,常在《俄国的残病者》周刊上发表作品。这个周刊是专为在拿破仑战争中受伤和残废的人们而发行的刊物。

[②] 普契科娃在《俄国的残病者》周刊上发表了一篇追悼杰尔查文的诗,其中有如下几句:
> 怯懦的少女
> 怎能以喑哑的琴
> 对光荣的歌者
> 弹出哀悼的歌?
> 少女怎么能?

哀 歌 1816

谁敢于承认自己钟了情
而不惊惶,那是够幸福:
他面对不可知的命运,
怯懦的希望还把他爱抚;
朦胧的月光会引导他
到情意缠绵的午夜里来,
忠实的钥匙会悄悄地
把美人的门为他打开,

可是我,我凄凉的生活
却没有秘密欢情的慰安,
希望的早春的花朵枯了:
生命的花朵被痛苦灼干!
青春已经悒郁地飞逝,
我就要听到暮年的恫吓;
我啊,尽管已被爱情遗忘,
但愿能忘记情泪的苦涩!

月　亮　1816

你为何从云层里露面，
孤独的、凄清的月亮，
并且透过窗扉，把一片
暗淡的光辉照在枕上？
你以你的阴郁的面容
引动我悲哀的游思翱翔，
引来那不顾严苛的理性
怎样都难止息的欲望，
唉，爱情的无益的苦痛。
远远地飞去吧，以往！
安睡吧，不幸的爱情！
那样的夜晚不再来临：
你不再透过幽暗的夜幕
以你神秘而静谧的光
苍白地，苍白地照出
我的恋人的美丽的脸庞。
啊，情欲的激情怎能够比
那真正的幸福和爱情
给予的秘密的美的慰藉？
你能不能飞回来，欢情？
时光啊，那欢欣的寸阴
为什么如此飞快地掠过？
而轻浮的梦影疏落了，
不料早霞竟把它吞没？
月亮啊，为什么你溜去了，

消隐在那明亮的天际？
为什么曙光无情地闪耀？
何以我和她竟然分离？

歌　者　1816

你可曾听见树林里深夜的歌音,
一个歌者唱着他的忧郁,唱着爱情?
在拂晓时辰,当田野还静静睡眠,
有那芦笛的单纯而凄切的哀吟
　　　你可曾听见?

你可曾在树林的凄凉的幽暗里
看见一个歌者,歌唱爱情和忧郁?
他那沉默的目光充满了思念,
还有他那微笑,他那眼泪的痕迹
　　　你可曾看见?

你可曾叹息,当你注意地聆听
一个低沉的声音歌唱忧郁和爱情?
当你在树林里遇到那个青年
并且看见他那黯然无光的眼睛,
　　　你可曾轻叹?

致梦神 1816

梦之神啊,在清晨以前,
请慰藉我的痛苦的爱情。
来吧,吹熄了我的灯盏,
满足我一向的幻梦!
让别离的可怕的裁判
暂且从悲哀的记忆退隐!
让我看见她亲昵的顾盼,
让我听见她动人的声音。
等黑夜的暗影逐渐移开,
连你也遗弃我的眼睛。
啊,但愿这颗心能够忘怀,
直等到另一夜的爱情。

恋 人 的 话　1816

我听丽拉对钢琴弹奏；
她那美妙缠绵的歌声
使人感到悒郁的温柔，
有如夜晚轻风的飘动。
泪水不禁从眼眶落下；
我告诉可爱的歌唱家：
"你悒郁的歌声是迷人的，
可是，我的恋人的一句话
比丽拉的情歌更有魅力。"

心　愿　1816

我的日子迟缓地滞重地流着，
每过一刻，在我沉郁的心上
那不幸的爱情的悲哀就更增多，
并且勾起了种种疯狂的幻想。
但我沉默着，谁也听不见我的怨诉；
我暗中流泪，泪就是我的慰安。
我的心被断肠的思念所俘获，
但在眼泪里，它却有酸心的快感。
哦，生命的时刻！飞吧，我毫不留恋，
飞吧，虚空的幻影，向黑暗里沉没；
我所珍贵的是这爱情的折磨——
即使折磨死，让我也死于爱的缠绵。

给友人 1816

啊,上天还会赐予你们
金色的白天,金色的夜晚,
而倦慵女儿痴情的眼睛
也将在你们的身上眷恋。
嬉笑吧,歌唱吧,朋友!
快享受你们短促的良宵;
看你们这样欢乐无忧,
我只有含着眼泪微笑。

欢 乐 1816

生命的花朵还没有吐艳
已在苦闷的幽居里枯萎,
青春悄悄地飞逝不见,
它留下的踪迹是——伤悲。
从我诞生的无知的一刻
直到充满柔情的青年,
啊,从没有幸福和欢乐
降临到我悒郁的心坎。

从生活的门槛眺望的我
焦灼地面对远方,幻想道:
"哦,那儿,那儿就是欢乐!"
但我不过朝着影子飞跑。
迷于温柔媚人的娇丽
青春的爱情初次显现,
它展开了金色的翅翼
不断翱翔在我的面前。

我跟着……但是那遥远的
优美的境界却不能达到!……
啊,几时才能有那幸福的
飞速的一刻,充满了欢笑?
啊,这青春的暗淡的灯盏
几时才能够烧得通明,
几时有同行女伴的笑颜
照耀着我幽暗的途程?

给 玛 霞[①] 1816

昨天,玛霞让我书写
几节押韵的诗给她,
并应许我,为了酬谢,
她将写一篇散文作答。

我赶紧遵照她的旨意,
岁月一点也不敢拖延,
你才七岁——那个应许
你也许还不能兑现。

在晚会上,端庄而沉默,
你将插起两手坐着,
你只崇奉烦嚣的女神,
从舞会到舞会飞着——

却早已忘记诗人了!……
哦,玛霞,玛霞,快一些——
为了我的这四节歌,
快写出对我的酬谢!

[①] 本诗是写给诗人的同学德里维格的妹妹的(参见《给 M. A. 德里维格男爵小姐》)。

祝 饮 之 杯　1816

琥珀的酒杯
早已经斟满,
沸腾的气泡
在闪烁,迸溅。
遍观全世界,
它最称心愿,
可是要为谁
把这酒饮干?

为荣誉畅饮?
那不会是我,
战争的嬉戏
跟我不投合。
那一种消遣
不使人欢乐,
友谊的酩酊:
战鼓响不得。

天庭的子民,
菲伯的使徒,
歌者们,饮吧,
为诗神祝福!
嬉笑的缪斯
来抚爱——可叹!
灵感的泉流

水一般清淡。

为青春而饮,
为爱的欢乐——
可是,孩子们
青春就隐没……
琥珀的酒杯
早已经斟满,
我呀,感谢酒,
为酒而饮干。

安纳克利融的金盏　1816

当我怀着倾慕之情
走进古老的诗境，
请相信吧，我看见
安纳克利融的金盏
在维纳斯的私房。
金盏的酒满当当，
在它四周，逸乐底女皇
以桃金娘和玫瑰，
还有绿藤叶扎起点缀。
在杯沿，爱神正发愁，
郁郁望着冒泡的酒。
"啊，你淘气的小鬼，
为什么对它望个不休？"
我向丘必特问道：
"告诉我，你何以沉默了？
你怎么不想饮一口？
难道是用手舀不到？"
"不是的，"小神童回答，
"我是到这海上来玩耍，
可是我的箭和弓
都失落在这大海中，
它那紫红的波涛
把我的火把也冲灭了。
看，它们还在海底闪动，
可是我不会游泳。

噢,真可惜——请为我
快把它们从那里打捞!"
"不,不,"我对爱神说,
"谢谢天,它们沉没了,
该让它们在哪儿呆着。"

给席席珂夫[①] 1816

啊,缪斯和维纳斯加冕的顽童,
你可是召唤这囚人到你领地中——
到那宾得和西色拉之间的幽居
和蒂布尔、梅列茨基、巴尼一起[②]
安适地逍遥?受着阿波罗的娇宠,
你能使芦笛和他们的竖琴同调,
　　那摇着你的幸福的摇篮的
是赫利孔的仙女,活泼的欢笑。
但我只合以开诚的心献给友谊,
无言地感受,沉默地迷恋于美色:
这是我的命,我也准备对它俯顺;
　　请怜悯我吧,亲爱的友人,
　　但千万别要我的诗作!
人不能总在快适的无知中生活:
我近来看到讨厌的真理的光临。
以前,出于善良的天性,我相信了
醉心的幻梦对我的低语:你是诗人——
于是我,不顾明智的劝谏和警告,
就在疏懒中串联着一对对诗句,
以这无害的游戏常常取悦自己;

[①] 本诗是写给 A.C. 席席珂夫的侄子 A.A. 席席珂夫(1799—1832)的,他是诗人,当时在军中服役。
[②] 蒂布尔,罗马纪元前一世纪的田园诗人。IO.A. 聂列金斯基—梅列茨基,俄国感伤主义诗人。巴尼,法国抒情诗人。

有时候，我在酒朋之中独自清醒，
为巴结酒神，会以水味诗把酒歌颂，
或者把不欢的多丽达非捧即骂，
或为友谊编花冠，令友人呵欠一通，
却又从瞌睡中把我瞌睡的诗盛夸。
可是，阿波罗娇惯了我多少时候？
巴纳斯的游戏已不再使我开心；
缪斯和荣誉的幻梦才做了不久，
冷酷的经验就立即把我唤醒；
我睡时卧着玫瑰，醒来却是荆棘，
我明白，原来我没有天才的印记——
而偏要凑韵来呓语，实在大不敬！
把你和我的诗一比，我不禁微笑：
  我写得已经足够了。

醒 1816

唉,春梦,春梦,
哪儿是你的甘蜜?
怎么竟溜得干净,
夜晚的欢愉?
去了,无影无踪,
那欢乐的梦;
只剩下我,孤凄凄
在漆黑中苏醒。
环绕着四壁
是深夜的寂静。
转瞬间,冷峭峭,
转瞬间,飞去了
爱情的团团幻想。
然而,这心灵里
还充满了欲望,
它追捕回来的
是美梦的回忆。
爱情啊,爱情,
请听我的恳请:
请再给我以幻象
甚至直到早上,
再使我充满欢情,
宁可让我死亡,
千万不要苏醒。

一八一七年

致卡维林① 1817

请忘记,我心爱的卡维林,
那出于片刻游戏的鲁莽的诗作②,
我会先于别人,请你相信,
喜爱你的可喜的罪过。
一切都按照一定的顺序而运行,
万事都有自己的时期;
轻浮的老人固然可笑,
稳重的少年也很滑稽。
我们既活着,活着好了,
让我记着你作乐寻欢,
只管对酒神和爱情拜倒,
何必理会世俗的嫉妒的怨言;
他们不知道,人可以亲昵一切:
维纳斯、罗马的回廊③、书籍和酒杯;
就在轻浮的面罩下,荒唐的戏谑
也能藏有崇高的智慧。

---

① 彼得·卡维林(1794—1855),驻扎在皇村的骠骑兵团近卫军官,因此和普希金结识。他以后成为秘密政治团体"幸福同盟"的成员。
② 指普希金的一首诗,今已失传。其中可能有使卡维林不满的地方。
③ 罗马的回廊是古罗马哲学家与学生谈话的所在。

给一位年轻的寡妇[①]　1817

丽达啊,我不变心的友人,
为什么在飘忽的梦境,
正缱绻于欢情的我
时常听到你悄悄的呻吟?
在幸福的爱情中,为什么
你却看到可怕的幻梦,
你将惊惧而呆滞的目光
投到那幽幽的黑暗中?
当爱情的迅疾的波浪
使我正感到昏迷,沉醉,
为什么我看到,有时候
你秘密地流着眼泪?
你冷冷地握着我的手,
漠然听着我火热的倾诉,
你的目光是那么冷酷⋯⋯
唉,亲爱的,珍贵的女友!
难道你总是要哀哭,
总是要将已死的丈夫
唤出那坟墓的阴影?
请相信吧:墓中的囚徒
他寒冷的梦永不再醒;
对于他啊,爱人的话声

[①] 本诗可能是写给一位法籍少妇玛丽·史密特的,普希金在皇村中学校长的家中会到过她。

已不再可爱,哀吟也不会
使他伤心——墓前的玫瑰,
清晨的甘美,宴饮的喧腾,
真诚的情谊的眼泪
和恋人的娇怯的呼唤,
这一切都和死者无缘……
你那难以忘记的亡人
早已叹完了死亡的叹息,
他是沉醉于幸福的欢欣,
在你的怀里安息的,
那幸运人已圆满地安睡;
相信爱情吧——我们无罪。
是的,从那永恒的幽暗
他不会出来,嫉愤而不平;
安静的夜里不会有雷鸣;
而在一对情人的身边,
不会有嫉妒的幽灵
把已沉睡的日子唤醒。

给德里维格[①] 1817

　　由于友谊,疏懒和爱情,
　　你避开了不幸和忧患,
　　　就凭它们可靠的庭荫
而隐居吧:你幸福,以写诗自遣。
诗神的知交不怕肆虐的风暴:
崇高的神意必在他头上缭绕;
　　　年轻的缪斯抚爱着他,
并以指按唇,保护住他的恬静。
哦,亲爱的朋友! 那诗歌的女神
　　　也曾将灵感的火花
　　　投进我年轻的心灵,
　　　并指出了秘密的途径;
　　　我从小就能兴感于
　　　竖琴的欢乐的声音,
　　　于是它成了我的宿命。
然而你到哪里去了,欢乐的瞬息?
　　　那内心的不可解的情热,
还有灵感的眼泪,兴奋的写作?
像轻烟,我轻浮的才能已经飘去。
唉,我多早就招来了嫉妒的眼睛,
和恶毒的诽谤暗中刺来的刀锋!
　　　不,不,无论幸福,荣誉,

[①] 本诗的写作,可能由于卡钦诺夫斯基拒绝在《欧罗巴导报》上发表普希金的三首诗而引起。

或对赞美的高傲欲念
都不能吸引我了！我陶醉于懒散，
早已忘了缪斯，那折磨我的女神；
　　不过，每听到你的弦音，
我或许无言而激动地发一声感叹。

给 B. Л. 普希金① 1817

(片断)

有什么比战争更生动,
比那空旷而血腥的战场,
骑士的剑击、战火、露营,
哪个不令人心神向往?
有什么更值得羡慕的——
不是过于智慧的老翁,
而是怀有真挚心灵的
骠骑兵的短短的一生?
他们在自己的营帐居住,
远离奢靡、优雅和欢情,
好似贺拉斯,不朽的懦夫②,
住在泰勃河畔幽暗的林中;
社交仪节他们不知遵守,
也不知什么是厌腻、害怕,
他们邀请人来宴饮、决斗,
他们歌唱,在战斗中砍杀。
啊,做这样的人才可欣慰,
世人看他可爱又可畏,
为了他的事业和歌唱
到处流传着真实的赞扬;

---

① B. Л. 普希金是诗人的伯父。
② 贺拉斯(纪元前65—前8),罗马诗人。在菲利浦一役中,见大势已去,弃共和军而逃。此后隐居在罗马附近泰勃河旁的田园中。

他只歌颂捷米拉①和战神,
而在他的佩刀下,马鞍上,
还悬挂着英武的竖琴。

---

① 捷米拉,少女的名字,常见于牧歌中。

给 A. M. 葛尔恰科夫公爵　1817

如今,我见到了第十八个春季。
也许是最后一次了,我和你一起,
我们沉思地聆听树林的声音,
并且手拉着手在湖边漫行。
那不久前的无忧岁月哪里去了?
我亲爱的朋友啊,我们就要进到
一个新世界,我们年轻,充满希望,
然而,等待我们的命运却不一样:
我们将留下不同的生活的踪迹。
那执拗的命运女神,她的手给你
指出了又幸福又光荣的途程——
但我的曲径却阴暗而忧郁。
你有温柔的容貌,天生的性情
真诚而可爱,你有机敏的智力,
自然赋予你的才华令人欢喜;
你生来是为着嬉戏和欢笑,
为着甜蜜的自由、荣誉和快乐。
你的黄金时代已经来临了,
那是醉人的年代充满了情火。
赶快去爱吧,昨天已在幸福中,
今天还一样,尽管加一点小心;
爱神指定了:甚至明天,如果可能,
你还再把桃金娘花冠献给美人……
我已预见到你会招惹多少眼泪!
啊,负心的好手,轻浮的情人,

对谁都忠实吧:你醉人而又迷醉。

可是我的命运……一层阴霾的雾
为什么把我的未来日子给遮住?
唉！我不能生活于永远的欺骗中,
也不能忘情地拥抱幸福底幻影。
我的一生是凄凉的阴霾天气。
也许,我少年时有过两三个春季
快乐一阵,却不懂快乐的真情；
那些日子逝去了,我怎能忘记?
它们逝去了,我以忧伤的眼睛
回顾那永不再回返的里程——
啊,短短的途程,铺满了花朵,
我的日子欢快地在那上面流过；
我流泪,我将枉然地浪费一生,
永远为热炽的愿望而苦痛。

你的曙光是美丽的春天的曙光；
而我的,朋友,却带着秋日的色彩。
我尝过爱情,但从不知有希望,
我独自痛苦,默默无言地爱。
我热狂的梦转瞬离开了眼睛,
但是,我却忘不了那悲哀的梦。
我心里充满了不自主的忧思,
在生命的筵席上,仿佛我独自
怀着愁绪,一个不欢的客人,
出现一刻,然后就孤单地去世。
不会有难忘的、心灵的友人
在最后一刻,闭上我疲倦的眼,
也不会有人去到孤寂的坟岗
最后一次凭吊,发出深情的慨叹！

难道我的青春竟如此空茫茫？
或是幸福的爱情竟和我无缘？
难道我将死去，不知什么是欢乐？
为什么上天要把生命给了我？
我在等待什么？我是在队伍中间
被忘却的一卒，不闻于世的歌者，
我在未来能赢得什么报偿？
怎样的幸福冠冕能落在我头上？

啊，怎么？……我惭愧！……报怨未免可耻。
不必说了，神的决裁是正直的！
难道只有我看不见明朗的日子？
不！在眼泪中也含有生底情趣；
在此生中，我将欣慰于两件事情：
友人们的幸福和我卑微的才能。

题 纪 念 册① 1817

当冥想的日子飞逝了,
烦嚣的世界把我们唤去,
谁会记得兄弟们的知交,
和过去的年代的友谊?
让我在这纪念册的一角,
且给它留下轻微的痕迹。

---

① 本诗是写给 A. H. 卒波夫(1798—1864)的,他当时是驻扎在皇村的骠骑兵团的掌旗官。在原稿上,还保留着另一稿,最初的四行如下:
　　爱情将飘逝,愿心将不存,
　　冷酷的世界就使我们分离,
　　谁将记起这秘密的谈心,
　　已逝年代的梦幻和欣喜?

题伊里切夫斯基①纪念册　　1817

朋友啊！我是个无名诗人，
尽管当了一名正教教徒。
我的灵魂不死，毫无疑问，
我的诗运可与此悬殊——
任性的缪斯的那些歌唱，
我的嬉笑的青春的欢情，
它们将会嬉笑地死亡，
而现世将不再理会我等。

啊！但是我的好精灵知道：
我宁愿自己的作品长生，
而舍弃我的灵魂的永恒。

我们主宰不了自己的命运；
但至少，这一篇不署名的
草率的灵感之作，没有疑问，
会在你的手里，在这朴素的
友谊之页上，免于被遗忘，
和我其它的作品不一样……
但即或这被你的友谊
所振作的歌，连它也枉然：
即或连这一篇诗也死去，——

---

① A. 伊里切夫斯基(1798—1837)，诗人的中学同学，除善画外，还以诗人著称，并主编中学的手抄本刊物。

我的心声,这不移的情感
却绝不至像它那样短暂!

给同学们① 1817

幽居的年代飞逝了；
和睦的朋友，我们再也
不会有许多日子看到
这幽居和皇村的田野。
别离就在眼前，人世的
遥远的喧声向我们招呼；
每人望着前面的道路，
不禁激动于骄傲的
青春的梦想。有的把头脑
藏在军帽下，穿上军衣，
已经挥舞着骠骑军刀——
在主显节期的检阅中，
被早晨的寒气冻得通红，
骑马巡哨又全身发烧；
有的生来该居显要，
不爱正直，而爱头衔，
要在著名骗子的外厅间
充当一名恭顺的骗徒；
只有我，听从命运的摆布，
把自己交给快乐的慵懒，
满心淡漠的，毫无所谓，
我在一边悄悄打瞌睡……
对于我，骑兵、文书都一样，

---

① 本诗为诗人在皇村中学毕业前所作。

法律、军帽,也不计较,
我不拼命地想当队长,
八级文官,又有什么好;
朋友们,请稍稍宽容——
请让我戴着红色的尖帽①,
只要我不是罪孽深重
必须用钢盔把它换掉;
只要懒惰的人能够
不招来可怕的灾害,
我仍旧将以随意的手
在七月里把胸襟敞开②。

---

① 在古代,红色尖帽为被解放的奴隶所戴。法国大革命时,雅各宾党人以红帽为自由底象征。
② 当时俄国军规,严禁军人在任何情形下敞开军服。

医院壁上题辞　1817

这儿躺着生病的学生；
他的命运最乖戾无情。
请别拿给他任何医药：
爱情的病啊无法治疗。

题普希钦纪念册　　1817

等有一天，你看到我在某一时期
　　所写的这闭合的一页，
你会为甜蜜而强烈的幻想浮起，
　　暂刻地飞往皇村中学。
你会忆起早年，那飞逝的既往，
那平静的幽居，六年的相聚，
你的心灵的忧郁、欢乐和梦想，
朋友的争吵与和解的甜蜜……
　　那曾有过，而不能再有的……
　　你还会记得最初的爱情，
　　无言地流下悒郁的泪滴。
我的朋友，它去了……但早年的友情
　　并不只缔结于游戏的梦。
在惊危的年代，在可怕的命运之前，
　　亲爱的朋友，它永远不变！

别　离[①]　1817

最后一次了,在幽静的庭荫,
我们的家神听着我的诗歌。
中学生活的亲密的弟兄啊,
让我们共享这最后的一刻。
　　团聚的夏天匆匆逝去;
就要分散了,我们忠实的集团。
　　再见吧!上天保佑你,
　　　亲爱的朋友;我祝愿
你跟自由和菲伯永不分离!
你将体验我所不知的爱情——
它将充满着希望、欢乐和激动,
你的日子将梦一般地飞逝去,
而且飞逝在幸福的静谧中!
再见吧!无论我在哪里;无论是处于
沙场的战火,或故乡平静的溪岸,
　　我都会忠于神圣的友谊。
这就是我的祷告(命运可会听见?):
祝你所有的朋友活得快乐、如意。

[①] 本诗是诗人中学毕业时写给同学和好友久赫里别克尔的,后者也有诗给他。本诗倒数第三行"忠于神圣的友谊"曾被反动派用作攻击普希金的借口,说由此可见他有了秘密结社云云。

题卡维林的肖像　1817

他充满着战斗和美酒的烈焰,
在战神的原野上,他奋勇当先,
对朋友忠实,又会叫红颜薄命,
在任何场合,他都是个骠骑兵。

梦 景 1817

不久以前,我沉迷于一个美梦,
我梦见自己头戴冠冕,成了皇帝;
　　我梦见我在爱着你——
　　我的心欢乐地跳动,
并在你脚前把爱情热烈地倾诉。
唉,美梦!你为什么不延长那幸福?
但如今,上天并没有把一切剥夺:
　　我丢失的——只是那帝国。

她 1817

"你是这么忧伤;告诉我,你怎么啦?"
"我爱一个人,朋友!""谁迷住你的心?"
"她。""她是谁? 克丽采尔? 赫罗娅? 丽拉?"
"不,都不是!""那你是向谁奉献了心灵?"
"唉,她呀!""你太觍觍了,我的好朋友!
但请问,究竟你为什么如此难受?
是谁在阻挠? 丈夫? 父亲? 当然啦……"
"都不是。""那怎么?""我不是她的他!"

"再见了,忠实的树林"[①]   1817

再见了,忠实的树林!
再见了,田野无忧的平静,
还有轻展翅翼的欢愉
这么快就随着往日飞去!
再见吧,三山村,多少回
欢乐和我在这里聚首!
难道我尝过你们的甘美
只为了永远和你们分手?
我要从你们带走记忆,
而把我的心留在这里。
也许(啊,甜蜜的梦想!)
我会重来这一片田庄,
再在那菩提树阴下行走,
再登上三山村的石坡,
全心皈依和蔼的自由,
皈依智慧、优雅和欢乐。

[①] 本诗是写在 П. А. 奥西波娃的纪念册里的。她是三山村(诗人所居的来海洛夫斯克村的邻村)的女主人。

致奥茄辽娃[①] 1817

(适大主教赠她以家园的果实)

那狂言无耻的大主教
把自家的果实送给了你，
显然，他想使我们看到
他自己就是果园的上帝。

你无所不能啊——是美神
以微笑征服了衰老，
使大主教的头脑发昏，
心中滋生了欲望的火苗。

于是，看见你迷人的眼睛，
他把他的十字架忘掉，
对着你的天庭的姿容
他开始唱出柔情的祷告。

[①] E. C. 奥茄辽娃，见《对奥茄辽娃即兴而作》一诗。"大主教"指彼得堡的大主教安布罗西，时年七十五岁。

给屠格涅夫① 1817

屠格涅夫啊,对牧师、阉教徒
和犹太人的忠实的保护者,
但对于蠢材和耶稣会徒
以及我的无所事事的懒惰,
你极为幸运的迫害人!
我一直悠游自在,无所挂心,
只亲昵着一串有益的梦。
请问:为什么你要笑我,
当我无力的手在琴上抖索,
却只把爱情的柔弱的歌声,
那对心灵最亲切的苦痛,
在不合调的弦上拨出?
我全心向生活的享乐归服,
因此就甜蜜地,甜蜜地睡眠。
只有你啊,把深沉的慵懒
和工作的意愿相结合;
只有你才热烈地爱着
十字架和索罗米尔斯卡娅,
一会儿整夜和美人戏耍,

---

① 本诗是写给亚历山大·伊凡诺维奇·屠格涅夫(1784—1845)的,他有进步思想,和当代作家结识,并参加了"阿尔扎玛斯"文学会。普希金经常到他兄弟两人的家,并经过他的帮助进入皇村中学。他是宗教事务局局长、圣经出版协会秘书和犹太人救济会委员,又曾草拟驱逐耶稣会会徒的法令。他在一八一七年十月写诗给维亚谢姆斯基说:普希金"太爱玩",应该叫他"安分一些",亦即督促他努力写作。本诗即其答复。

一会儿又替基督宣传,
处于欢乐和操劳之间,
你赴婚礼,赴圣公会礼堂,
整日为各种事务而奔忙:
你才离开鲁宁娜的舞会,
接着又把孤儿们抚慰;
啊,巴纳斯的可爱的懒汉,
你忘了自己爱情的忧烦,
既在"阿尔扎玛斯"微笑着瞌睡,
也在拉瓦尔伯爵家安眠;
只有你啊,一面肩负着
空虚或沉重的职务重担,
一面却还能找出时间
来笑我的无所事事的懒惰。

请别再叫我去从事那
我决心抛弃的工作吧,
我不想再受诗歌的禁锢,
也不想再花力气凑韵;
何必呢?既然我常犯错误,
而且唱得也不够动人?
还是让妮涅达一人以微笑
燃起和慰藉我的爱情吧!
写作既冰冷而且无聊;
一首长诗又怎能抵得那
美人唇边多情的一笑!

给——① 1817

不要问：为什么我怀着忧思
往往在欢笑中闷闷不乐，
为什么我对一切都沉郁地观望，
就对生活的美梦也那样淡漠；

不要问：为什么我的心冷了，
为什么我不爱欢笑的爱情，
也不再把谁唤作"亲爱的"——
啊，爱过人的人已心如古井；

那尝过幸福的，再也没有幸福了，
幸福只是暂时地给了我们：
青春、恋情和欢乐转瞬逝去了，
留下的不过是悒郁的心……

---

① 本诗是给诗人的同学和好友德里维格的。

"未曾踏出国门" 1817

未曾踏出国门,爱把异邦夸说,
对于自己的乡土则一向怨尤——
这就是我。我要问:在我们祖国,
哪里有真正的才智,天资独厚?
哪里有这样的公民:为了自由
他高贵的心灵燃烧得火热?
哪里有一个美人而不冷酷,
既美而又十分热炽,迷人,活泼?
我到哪儿去寻找旷达的谈吐
又开明,又才气澎湃,又快活?
我跟谁不必冷冷地虚与委蛇?
啊,祖国,我几乎要憎恶它——
可是昨天,我看见了葛利金娜①,
于是我不再怨尤我的祖国。

---

① Е. И. 葛利金娜(1780—1850),普希金的女友,诗人曾是她家中的常客。她的"沙笼"具有爱国主义和自由思想的倾向,当时一些进步人士如屠格涅夫兄弟、奥尔洛夫及维亚谢姆斯基都常去她的家。

自 由 颂① 1817

去吧,从我的眼前滚开,
柔弱的西色拉岛的皇后!
你在哪里?对帝王的惊雷,
啊,你骄傲的自由底歌手?
来吧,把我的桂冠扯去,
把娇弱无力的竖琴打破……
我要给世人歌唱自由,
我要打击皇位上的罪恶。

请给我指出那个辉煌的
高卢人②的高贵的足迹,
你使他唱出勇敢的赞歌,
面对光荣的苦难而不惧。
战栗吧!世间的专制暴君,
无常的命运暂时的宠幸!
而你们,匍匐着的奴隶,
听啊,振奋起来,觉醒!

唉,无论我向哪里望去——

---

① 本诗在诗人生时以手抄本流行(全部发表在一九〇五年)。沙皇政府得到它的抄本后,以此为主要罪名将诗人流放南方。本诗写作于 Н. И. 屠格涅夫兄弟的居室中,从这间屋子可以望见米海洛夫斯基王宫,暴君巴维尔一世于一八〇一年三月被害于此。
② 一说指法国革命诗人雷勃伦(1729—1807),一说指安德列·谢尼埃(1762—1794),法国革命中牺牲的诗人。

到处是皮鞭,到处是铁掌,
对于法理的致命的侮辱,
奴隶软弱的泪水汪洋;
到处都是不义的权力
在偏见底浓密的幽暗中
登了位——靠奴役的天才,
和对光荣的害人的热情。

要想看到帝王的头上
没有人民的痛苦压积,
那只有当神圣的自由
和强大的法理结合一起;
只有当法理以坚强的盾
保护一切人,它的利剑
被忠实的公民的手紧握,
挥过平等的头上,毫无情面;

只有当正义的手把罪恶
从它的高位向下挥击,
这只手啊,它不肯为了贪婪
或者畏惧,而稍稍姑息。
当权者啊!是法理,不是上天
给了你们冠冕和皇位,
你们虽然高居于人民之上,
但该受永恒的法理支配。

啊,不幸,那是民族的不幸,
若是让法理不慎地瞌睡;
若是无论人民或帝王
能把法理玩弄于股掌内!
关于这,我要请你作证,

哦,显赫的过错的殉难者①,
在不久以前的风暴里,
你帝王的头为祖先而跌落。

在无言的后代的见证下②,
路易昂扬地升向死亡,
他把黜免了皇冠的头
垂放在背信底血腥刑台上;
法理沉默了——人们沉默了,
罪恶的斧头降落了……
于是,在带枷锁的高卢人身上
覆下了恶徒的紫袍③。

我憎恨你和你的皇座,
专制的暴君和魔王!
我带着残忍的高兴看着
你的覆灭,你子孙的死亡。
人人会在你的额上
读到人民的诅咒的印记,
你是世上对神的责备,
自然的耻辱,人间的瘟疫。

当午夜的天空的星星
在幽暗的涅瓦河上闪烁,
而无忧的头被平和的梦
压得沉重,静静地睡着,

---

① 指法王路易十六。普希金认为他的受刑,乃是他的祖先所犯的过错的结果。
② 这以下的六行指:革命者不合法理地处死了一个已被废黜的国王。法理沉默了,因而导致拿破仑的统治。
③ 指拿破仑的王袍。

沉思的歌者却在凝视
一个暴君的荒芜的遗迹，
一个久已弃置的宫殿①
在雾色里狰狞地安息。

他还听见，在可怕的宫墙后，
克里奥②的令人心悸的宣判，
卡里古拉③的临终的一刻
在他眼前清晰地呈现。
他还看见：披着肩绶和勋章，
一群诡秘的刽子手走过去，
被酒和恶意灌得醉醺醺，
满脸是骄横，心里是恐惧。

不忠的警卫沉默不语，
高悬的吊桥静静落下来，
在幽暗的夜里，两扇宫门
被收买的内奸悄悄打开……
噢，可耻！我们时代的暴行！
像野兽，欢跃着土耳其士兵④！……
不荣耀的一击降落了……
戴王冠的恶徒死于非命⑤。

接受这个教训吧，帝王们：
今天，无论是刑罚，是褒奖，

---

① 指米海洛夫斯基宫，暴君巴维尔一世被杀于此。
② 克里奥，古希腊神话中司历史和史诗的神。
③ 卡里古拉是纪元后一世纪的罗马皇帝，以残暴著称，后为近臣所杀。
④ 东方君主常以土耳其人的步兵队作为自己的近卫军，这种军队在宫廷叛变中常常起着不小的作用。
⑤ 指巴维尔一世的被杀。

是血腥的囚牢,还是神坛,
全不能作你们真正的屏障;
请在法理可靠的荫蔽下
首先把你们的头低垂,
如是,人民的自由和安宁
才是皇座的永远的守卫。

给克利夫左夫① 1817

亲爱的朋友,请别用
坟墓的新居近在眼前
来吓我们,我们没有空
在这种闲事上花时间。
别人可以慢慢去啜饮
一个寒冷的生命之杯,
我们啊,度着大好青春,
是把珍贵的生命消费;
我们每个人坐在
自己的坟墓的门槛,
要向维纳斯女神
索要新鲜的花冠,
忠实的懒散只一瞬
容我们将酒盅斟满,
于是我们一群幽魂
向着寂静的忘川驰奔。
而我们临终的一会儿
是明亮的;顽童的女伴
将敛起他们轻飘的灰
装进筵席上空置的罐。

---

① Н. И. 克利夫左夫(1791—1843),一八一二年战争中的英雄,并且是一个无神论的自由思想者,对普希金的早期思想有相当影响。

一八一三——一八一七年

老　人　1813—1817

（译自马洛）

我已经不再是热狂的恋人
像以前那样令世人惊异：
我的春天完了，没一些遗痕，
我美丽的夏天也永远逝去。
啊，恋情、青春之神！我曾经
作过你的侍从，那么忠实于你。
如果我能够再一次诞生，
我多么甘愿重作你的奴隶！

给黛利亚 1813—1817

哦,亲爱的黛利亚!
快一点,我的姑娘,
金色的爱之星斗
已经升到了天上;
月亮在静静地移行,
快一点,你的阿古斯①已走,
梦又闭上了他的眼睛。

在静寂的树林
那隐蔽的阴影里,
水波闪着银色,
一条幽僻的小溪
和菲罗米拉②郁郁歌唱,
这正是快乐的幽会之所,
月亮在这儿洒下清光。

黑夜投下暗影
会把我们荫蔽,
树林的影儿轻睡,
迅速地,爱情的瞬息
就飞逝——欲望在燃烧,

---

① 阿古斯,希腊神话中的百眼巨人;这里指监护人。
② 菲罗米拉,据希腊神话,原是雅典王的女儿,被姐夫强奸并割下舌头,但她以刺绣将自己的故事告知外间,得以复仇。之后她变为夜莺。

哦,黛利亚！快快相会,
快快来到我的怀抱！

黛利亚 1813—1817

是你在我眼前吗,
黛利亚,我的朋友!
我哭了多少回
在和你分别以后!
你可是真在眼前,
或者竟是幻梦
把我诱惑和欺骗?

你还认得朋友吗?
他已经不似从前,
但是你啊,黛利亚,
却一直在他心坎——
悲哀的人要问你:
我可像从前那样
被亲爱的人心喜?

现在,有什么能跟
我的命运相比!
看,在你的面颊上
泪珠儿往下滴——
黛利亚是在羞怯?
现在,有什么能跟
我的命运相比!

酒　窖　1813—1817

啊,请怜悯我吧,
同学和朋友!
一位泼辣的美人
已把我折磨够。

这命运真痛苦,
每一刻我都悲哀,
请拿酒盅来呀,
把酒窖打开。

埋在那冰里的
有成列高傲的酒瓶,
还有国外订购的
黑啤酒的小桶。

李别尔①口吃地
对我们指指那酒窖;
让我们摇晃走去
在酒桶下睡倒!

在那桶中,有慰藉,
有歌者的奖赏,

---

① 李别尔,罗马神话中司酒和欢乐之神。

也有我的诗的火焰
和爱之痛苦的遗忘。

包 打 听 1813—1817

有什么新闻?"真的,没有什么。"
哎,别捣鬼:你一定有点消息。
难道你不惭愧:永远把内幕
瞒着朋友,好像瞒着你的仇敌?
或许你生气了:好兄弟,什么原因?
别固执啦,告诉我,哪怕三两个字……
"噢,别黏着我,我只知道一件事:
你是蠢材,但这早已不是新闻。"

园亭题记　1813—1817

请怀着虔敬的心情
到这儿来吧,年轻的过客,
到这荒僻的爱之亭荫。
我一度在这儿幸福地爱过,
又在甜蜜的激情中燃没;
甚至时光也曾为我们
在这儿暂停下一刻。

讥诗人之死 1813—1817

克利特①死去也登不了天，
因为他犯了沉重的罪过。
但愿上天忘记他的罪愆，
一如人间忘却他的诗歌。

---

① 指 B. 久赫里别克尔。

你的和我的　1813—1817

天知道,为什么哲学家和诗人
早就对"你的"和"我的"大发脾气。
我不想和那博学的一群争论,
但也没有理由把这类词唾弃:
是它给了我欢乐,使我安了神。
那怎么办,如果你不是"我的"?
怎么办呢,妮莎,我若不是"你的"?

一八一八年

"几时你能再握这只手"[1] 1818

几时你能再握这只手?
它把这美神的圣经[2]
为了排遣旅途的无聊,
给了你,作为临别的馈赠。
这本书是在西色拉岛
从青春戏谑底档案中
被爱神找到的。请用它
以笃信宗教的虔诚,
向你的维纳斯祷告吧。
再见了,伊庇鸠鲁[3]的信徒!
愿你永远是现在这样:
向幽暗的阿尔比安[4]飞翔!
愿忠实的爱神和基督
也护佑你在那异邦!
请把家神带到外国,
但是,当你回忆到往昔,
可别忘了多情的受难者,
你那并非"少女"的兄弟!

---

[1] 本诗为 Н. И. 克利夫左夫(1791—1843)赴伦敦而作。
[2] 指伏尔泰的《奥里昂的少女》。普希金以此书赠别。
[3] 伊庇鸠鲁,古希腊哲学家,主张享受现世的生活。
[4] 阿尔比安,英国古称。

病　愈　1818

　　这是你吗，亲爱的朋友？
或者我见的只是不真的梦景，
只是迷乱的幻想和热炽的病
激起骗人的假象在我心头？
是不是你，在我病危的时刻，
温柔的少女啊，站在我床前，
你穿着军装，显得可爱的笨拙？
是的，我看见你了；我发昏的眼
认得在军装下那熟悉的美色，
我不禁微弱地低呼我的友人……
但我的脑海忽又乱梦昏昏，
我无力的手尽在黑暗中找你……
突然，我感到了你的泪水，呼吸，
和这火热的额上你潮湿的吻……
　　哦，天哪！生命和欲念
以怎样的热火之流冲激这颗心！
　　我开始沸腾，抖颤……
　　而你的倩影消失了！
残酷的朋友！你以欢乐把我折磨：
　　来吧，用爱情摧毁我！
　　来吧，趁着夜儿静悄，
魅人的少女啊，让我再看一看
在雄赳赳的军帽下你天庭的眼，
你的以军靴装饰得更美的脚，
　　你的斗篷和皮带……

别迟缓,妩媚的军人啊,快一些来!
我在等你:健康底美好的赠礼
  上帝又给予我了,
还有由秘密爱恋和青春的嬉戏
给予心灵的那种甜蜜的焦躁。

给茹科夫斯基[①]   1818

当你以崇高的心灵
向冥想的境界追求,
你抚着膝上的竖琴
以急切的手指弹奏;
啊,幻景在你的眼前
在美妙的朦胧中更替,
灵感的迅速的寒战
使额前的毛发悚立,——
对,你给少数人作歌,
不为那嫉妒的论客,
也不为贫乏的藏书家——
耳目和见解都够闭塞;
但只为才能底严格选拔,
神圣的真理的倾慕者。
幸福并不对人人垂青,
不是人人为花冠而生。
幸福的是,谁能浸淫于
崇高的思想和诗情里!
谁承受了美底欣赏
在他美好的命运上,
而且理解你的感情
是火热而明朗的激情。

[①] 茹科夫斯基自印了一本诗集,名《给少数人》,只赠给切近的友人而不出售。

题茹科夫斯基肖像　　1818

他的诗句的醉人肺腑的甘蜜
将流入世世代代赞羡的远方;
听到它们,青春为光荣而叹息,
无言的忧郁会感到心情舒畅,
而嬉笑的欢乐将沉思郁郁。

给梦幻者 1818

你在悲哀的恋情上找到了乐趣,
　　你喜欢热泪的迸流;
你以幻想的火焰白白折磨自己,
你爱在深心里怀着悄悄的哀愁。
但你不是在爱,怯生的梦幻者。
相信吧,如果爱之疯狂的热情
占有了你,啊,哀情的寻求者,
它的整个毒焰会在你血里奔腾,
你会在漫漫的长夜里不能成眠,
只躺在床上,心被相思割得寸断;
　　你虽想唤来骗人的平静,
　　却枉然闭着悲伤的眼睛,
你啜泣地拥裹着炙热的被单,
又以无益的欲火把眼泪烘干——
　　相信吧,那时你才不算
　　培养着毫无成果的梦幻!
　　对了,那时你会含泪跪在
　　你骄傲的恋人的脚前,
　　苍白的,颤抖而且发呆,
　　那时你会对着天呼喊:
　　"天啊,请蒙蔽住我的理性,
　　从我拿开这致命的倩影,
　　我爱得够了,我需要静谧……"
但伤心的爱情和难忘的倩影
　　却一生一世折磨着你。

致 Н. Я. 蒲留斯科娃① 1818

在质朴而高贵的竖琴上
我无意颂扬世间的神众,
以自由为骄傲,我也不想
用阿谀之香炉把权势供奉。
我只学习着将自由宣扬,
我的诗只能够献给自由;
我本性不惯于取悦帝王,
我的缪斯啊天生的害羞。
可是,我承认,在赫利孔山下,
在卡斯达里泉涌的地方②,
我受到了阿波罗的启发,
要把伊丽莎白悄悄歌唱③。
作为看见天庭的凡人,
怀着一颗燃烧的心灵,
我歌唱着皇位上的美德,
和那美德的和颜悦色。
是爱情,是秘密的自由,
引起我内心单纯的赞颂,

---

① Н. Я. 蒲留斯科娃(1780—1845),亚历山大一世的王后伊丽莎白·阿列克谢耶夫娜的宫女,文学界知名的人,她倡议歌颂伊丽莎白。
② 据希腊神话,阿波罗的有翅的马彼加斯在赫利孔山下踢出了一条灵感之泉,即卡斯达里泉水。
③ 伊丽莎白·阿列克谢耶夫娜对亚历山大一世的政治不满,因此为进步社团所拥戴。有的秘密社团主张以伊丽莎白取代亚历山大。

而我的不为利诱的歌喉
一直是俄国人民的回声。

给俄国史的作者[①] 1818

他的历史以优雅和朴素的笔调,
不怀任何偏见,向我们论证指出
　　专制政体的必要,
　　以及鞭子的好处。

[①] 指 H. M. 卡拉姆金(1766—1826),俄国史学家,他于一八一八年底出版了俄国史八卷,为俄国的专制政体作辩护。但他在序言里写道:对于史家,重要的不是他的政治信念,而是他对历史事件的艺术刻画。普希金和他同属一个文学派别,本诗未发表,以手抄稿流传。

给葛利金娜郡主① 1818

并赠以《自由颂》

一向受着自然底抚养,
单纯的我常常歌颂
自由底美丽的梦想,
并甜蜜地浸沉其中。
可是,看着你,听着你,
怎么了?……脆弱的人!……
我竟要把自由放弃,
一心向往禁锢终身。

---

① Е. И. 葛利金娜(1780—1850),普希金的女友。参见一八一七年《未曾踏出国门》一诗。

童 话① 1818

——圣诞节之歌——

乌拉！快马加鞭回来了
俄罗斯的游荡的暴君②。
基督在悲痛地哭嚎，
接着是全国的人民。
圣母马利亚忙着把基督恐吓：
"别哭啦，孩子，别哭啦，我主，
这是妖魔呀——俄国的君主！"
沙皇走进来，宣告说：

"听着，俄罗斯的臣属，
现在，全世界无人不知：
普、奥两军的双料制服③
我已经给自己缝制。
庆幸吧，子民：我饱满，肥胖，愉健，
报界到处唱我的赞歌，
我又吃，又喝，又允诺，
虽然不管能不能兑现。

---

① 当时本诗以手抄稿流传。讽刺的对象是俄皇亚历山大一世。亚历山大在一八一八年三月十五日波兰议会开幕时，作了一篇立宪演说，允诺将在俄国推行立宪政体。同年十月，又和奥地利皇帝及普鲁士国王发表宣言，声称要维护现存秩序。他于十二月二十二日回到皇村，本诗约成于该时。
② 在拿破仑失败和反动的"神圣同盟"成立以后，亚历山大时常在国外活动。
③ 奥地利皇帝曾经尊称亚历山大为奥军和普军的统帅。

再听我附带说一句
　　我将要做些什么改善：
　　我要把拉夫洛夫①免职，
　　把索兹②送到精神病院；
我要用法律代替高尔葛里③的统治，
　　我要给人以人的权利，
　　这完全是出于我的善意，
　　凭着我沙皇的仁慈。"

　　小孩子在床上听完了，
　　高兴得跳来跳去，
　　"妈妈，这是不是开玩笑？
　　难道竟是真的？真的？"
妈妈回答说："哦，睡吧，快闭眼吧，
　　这早该是安歇的时光；
　　唔，是啊，听听我们父皇
　　给你讲着多美丽的童话。"

---

① 拉夫洛夫是警察总署执行处处长。
② 索兹是警察总署检查委员会俄罗斯部秘书。
③ 高尔葛里是彼得堡的警察总监。

给一个媚人精 1818

为什么要这样衣不蔽体,
再加上温存的目光和音调
使年轻人的一颗心燃烧?
又要以谴责的,轻柔的细语
让他向轻易的占有去追求?
为什么要假作脉脉含情,
佯装一种羞涩的面容,
举止充满了倦慵的风流,
嘴唇在颤抖,两颊飞红?
但狡狯的试探终归无用,
罪恶的心里怎能有生命……
我不自禁以愤怒的寒冷
作为对你的致命的回敬。
唉,你那傲然迷人的美色
谁不曾在黑夜里拥抱过?
请说吧,你那可耻的住所,
谁不敢叩它敬重的大门?
算了,算了,还是给别人
送上你那枯萎的花冠吧,
随你抚爱没经验的荒淫
在你疲倦的怀抱里吧;
但请放弃你那骄傲的心机,
不要再引诱缪斯的后裔
去靠在你那背叛的胸前。
去吧,作你可耻的爱情交易,

给别人送上你出租的锁链，
还有你营利的冷冷的吻，
还有你勉强装出的欲念
和黄金可以买到的热情。

致恰达耶夫[①] 1818

爱情、希望、平静的荣誉
都曾骗过我们一阵痴情,
去了,去了,啊,青春的欢愉,
像梦,像朝雾似的无影无踪;
然而,我们还有一个意愿
在心里燃烧:专制的迫害
正笼罩着头顶,我们都在
迫切地倾听着祖国的呼唤。
我们不安地为希望所折磨,
切盼着神圣的自由的来临,
就像是一个年轻的恋人
等待他的真情约会的一刻。
朋友啊!趁我们为自由沸腾,
趁这颗正直的心还在蓬勃,
让我们倾注这整个心灵,
以它美丽的火焰献给祖国!
同志啊,相信吧:幸福的星
就要升起,放射迷人的光芒,
俄罗斯会从睡梦中跃起,

[①] 本诗以手抄本流行,在十二月党人中起过鼓舞作用,是诗人最流行的作品之一。П. Я. 恰达耶夫(1794—1856),普希金的好友和作家,一八二一年以前任御前近卫军军官。一八三六年发表《哲学书简》,被沙皇尼古拉送进精神病院。他是俄国十九世纪初叶有进步的哲学观点和政治思想的人中的代表人物。

而在专制政体的废墟上
我们的名字将被人铭记!

一八一九年

咏斯杜尔扎① 1819

啊,称王的军人的奴仆,
你该感谢自己的星宿:
你配得上赫罗斯塔②的桂花,
和考兹布③的那种死法。

---

① 本诗以手抄稿流传。A. C. 斯杜尔扎(1791—1854),反动文人,为反动的"神圣同盟"效力。他写了一本《德国现状札记》,攻击德国的学府,说它是革命思想和无神论的策源地。
② 赫罗斯塔是纪元前四世纪的希腊人,他为了让自己出名而烧毁神庙。
③ 奥古斯特·考兹布是俄国沙皇派往德国的文化奸细,于一八一九年三月二十三日被德国学生桑德刺死。

多丽达 1819

我喜欢多丽达的金色的发卷,
她苍白的脸和蔚蓝的眼睛。
昨夜,我辞别了朋友们的筵宴,
在她的拥抱里,我全心吸取欢情,
我沉没于一浪接一浪的热潮,
欲望的火才熄灭,又紧跟着燃烧;
我融化了;然而在不忠实的黑暗里,
我看见了另一个可爱的面影,
于是我心上充满了秘密的忧郁,
我的嘴唇低低念出了别的姓名。

给 N. N.① 1819

我逃开了艾斯古拉帕②,
消瘦,刮了脸——却还有活力;
他的折磨人的爪牙
并没有紧抓住我的躯体。
健康,那普利亚浦③的
容易结交的伴侣,
还有梦和甜蜜的安逸,
和从前一样,又来访问
我狭小的简陋的一隅,
还有你,也在宽慰病愈的人!
他一直渴望和你见面,
你啊,宾得山上懒惰的公民,
自由和酒神嫡系的子孙,
快乐得不拘于任何法典,
只把维纳斯膜拜在心间,
你这享乐生活的人君!
我要离开京都无谓的烦嚣,
离开这涅瓦河的纸醉金迷,
把女人的流言蜚语都忘记,
还有那各种各样的无聊。

---

① 本诗是普希金病愈后蛰居在彼得堡时写成的,他正准备到米海洛夫斯克村去居住。N. N. 即 B. B. 恩格里加尔德(1785—1837),"绿灯社"社员,以善于写讽刺的联句著称。本诗发表时曾被检查官删节。
② 艾斯古拉帕,希腊神话中的医药之神,他手执木杖,杖上盘踞着一条蛇。
③ 普利亚浦,希腊神话中的丰收和多产之神。

山峦和草野在呼唤我，
那幽静的溪岸，乡间的自由，
茂密的枫树园充满了诱惑。
伸出手来吧。在九月开头
那阴霾的时节我就来看你，
我们将再一次饮酒欢聚，
并畅谈当代的愚顽之辈，
那精通的奴才，恶毒的权贵；
我们可以谈谈天上的帝王，
也不妨议论世间的沙皇。

给奥尔洛夫① 1819

你啊,尽管也是俄国的将军,
却把炽烈而豪爽的胸襟
结合了开明的智慧和温情;
你啊,每遭受一遍战事之苦,
必得对怠倦的小胡子骑兵
传授一遍帝王的学术;
但是,你并不激于一时怒狂
而用可耻的刽子手棍棒,
你军人的手没有被它玷辱。
你说得对,奥尔洛夫:我忘了
自己要作骠骑兵的梦想,
我却要和所罗门一齐叫道:
制服和军刀——都是虚妄!
我不再寄托自己的希冀
在吉谢辽夫将军②的身上;
他为人可亲,这无可置疑,
他是愚昧和奸猾的仇敌;
在喧腾而漫长的筵席上,
我愿意坐在他的身边
听他谈话,谈一个夜晚;

---

① 阿列克谢·奥尔洛夫(1786—1861),近卫骑兵团的团长,是十二月党人米海依尔·奥尔洛夫之兄。
② П. Д. 吉谢辽夫(1788—1872),当时是杜立钦第二军参谋长,米海依尔·奥尔洛夫的密友之一。普希金显然是通过米海依尔认识他的。

不过,他是廷臣:对于他,
任何承诺不值一文钱。
我已断了不和平的想法,
我要的不是军服和髭须,
而是在祖居庄园的树荫下
和秘密的自由一起隐蔽,
伴着自然、安适和芦笛;
无论在平静的茅屋、在湖上,
或在牧场茂密的野草间,
或在绿茵铺满的山岗,
我将要歌唱我的上帝。
我等待那一天,等剑神
从他安息的灵床上跃起,
而战争隆隆地号召每个人,
那时啊,我就离开和平的田野,
作别隆娜①的热狂的子孙
和皇位前的忠实的公民!
奥尔洛夫啊,那时,我就也
站在你的旗帜下,随着大军,
在营帐里,在厮杀和战火中,
执着剑,带着战斗的竖琴,
一面在你的前面砍杀敌人,
一面歌唱你的剑击的光荣。

---

① 别隆娜,罗马神话中的战争女神。

致谢尔宾宁① 1819

亲爱的朋友,这才是生活:
不为愚蠢的热情而痛苦,
也没有闲暇浮沉于爱河,
从事一切,对一切都满足;
入夜,可以把晚餐秘密享受:
一面轻轻爱抚着娜金卡,
一面畅饮着喷香的美酒
把斯特拉斯堡②油饼送下。
要能把忧虑都抛在脑后,
作维纳斯教的忠实信徒,
于是度一个虔敬的夜晚
伴着西色拉的妙龄尼姑。
他在早晨还甜蜜地睡眠,
并且把《残病者》③慢慢翻看;
整天交给游乐,整夜呢——
仍旧让维纳斯再来主管。

谢尔宾宁啊,欢娱之友,
我们岂非这样打发日子,
陪伴着爱神、笑谑和酒,
趁我们年轻而健康的时候?

---

① M. A. 谢尔宾宁(1793—1841),秘密团体"绿灯社"社员。
② 斯特拉斯堡,法国地名。该地制有一种由鹅肝和松露做成的馅饼,极负盛名。
③ 《残病者》,杂志名。

然而，青春的岁月将飞逝，
欢乐、柔情将弃我们不顾，
情感就要辜负了欲望，
这颗心正在变冷，干枯。
那时候啊，没有恋人和歌唱，
没有欢娱，也没有欲望，
亲爱的朋友，我们惟一的慰藉
就在于模糊的春梦的回忆！
那时候啊，我会摇摇头，
站在墓门口，对你说道：
"你可记得范妮，我的朋友？"
而我们只剩下淡淡的微笑。

〔俄〕什马里诺夫 作

乡 村[①] 1819

祝福你,荒远僻野的一角,
　　闲适,工作和即兴的所在,
是在这里,我的日子悄悄流去了,
　　沉湎于快乐和遗忘的襟怀。
我是你的,我已抛弃了豪华的宴饮,
虚妄的游乐,女人的声色的迷宫,
只为了田野的静谧,树林和谐的乐音,
为了自由的安闲,最宜于幻想的驰骋。

我是你的:我爱这一座花园
　　幽深,清凉,各样的野花开遍,
我爱这广阔的绿野,洋溢着禾堆的清香,
一些明澈的小溪在树丛里潺潺喧响。
无论放眼哪里,我都会看见生动的画面:
　　这里是两片湖水,平静无波,
在碧蓝的水上,偶尔闪过渔船的白帆,
湖后是起伏的丘陵,一条条庄田,
　　远处散布着稀疏的农舍。
在潮湿的湖岸,成群的牛羊正在游荡,
谷场冒着轻烟,半空旋转着磨坊的风车,

[①] 本诗在米海洛夫斯克村中写成。诗人在这首诗里表现了必须取消农奴制的信心。亚历山大一世听到这首诗以手抄本流行后,便令瓦西里契科夫公爵为他取到这首诗。公爵的秘书是普希金的友人恰达耶夫,普希金便通过他将这首诗转交沙皇。这时期亚历山大正在高谈改革,还没有理由从本诗中寻找借口来处罚诗人,因此便答以"谢谢普希金,为了他在这诗中表达的善良的感情"。

　　　　啊,到处是劳作和富裕的景象。

我住在这里,摆脱了世俗的束缚,
我学会了在真理中去探寻快乐,
我以自由的心灵崇拜自然的规律,
我不再聆听蒙昧的世人的窃窃私议,
我会以同情回答羞怯的心灵的倾诉,
　　　而不再羡慕恶徒或者蠢驴,
尽管他们怎样以不义而飞扬跋扈。

古代的先知啊,是在这里我向你们请教!
　　　在这里,我的居处庄严而僻静,
　　　你们慰人的高曲更清晰而美妙,
　　　它驱散了我悒郁而慵懒的梦,
　　　它燃起了我的工作的热情,
　　　啊,你们种种卓绝的思想
　　　也正在我心灵的深处滋长。

然而,一个阴沉的思想却令人不宁。
　　　在富庶的田野和丘陵间
谁关心人类命运能不悲悯地看见
到处是愚昧的令人痛心的情景。
　　　这里有野蛮的地主
一不守法,二无感情,仿佛命中注定
　　　他们该是人们的灾星,
　　　对于眼泪和哀求一概不顾,
只顾用强制的鞭子把农民的财产、
劳力和时间,都逼到自己的掌握。
这里的奴隶听从无情的老爷的皮鞭,
伛偻在别人的犁上,被牵着绳索,
　　　瘦弱不堪地苟延残喘。

这里,一切人毕生是负着重轭的马牛,
没有希望,谈不到一点心灵的追求,
　　这里,就是青春少女的娇艳
　　也只供无情的摧残。
父亲一代衰老了,就由下一代儿子
那可喜的梁柱和劳动能手来接替,
他们从祖先的茅屋不断地繁殖
成群的家仆,那些受折磨的奴隶。
噢,但愿我的歌能把人的心弦打动!
激情在我胸中燃烧,但又有何益?
为什么上天不给我滔滔雄辩的才能?
噢,我的朋友!是否有一天,我会看见
沙皇点点头,使人民不再受奴役?
　　我能否在我们的国土上看见
开明和自由的美丽曙光终于升起?

告 家 神 1819

和煦的家园之冥冥的保护者,
　　我向你祷告,善良的精灵:
请保护我小小的野园、村庄、树林
　　和我全家的朴素的房舍!
而且,请别让晚秋的寒风的吹吼
和危险的凄凉秋雨损害田野;
　　请适时地,让善意的雪
　　覆盖上田野潮润的油!
冥冥的卫护啊,请守在世代的门庭,
让午夜的盗贼受到你的惊吓,
　　让这快乐的寒舍
　　别挨上觊觎的眼睛!
请在它周围环行,细心地巡察;
请珍爱我的小园地,这沉睡的湖岸
　　和这片幽静的菜园,
连同它破旧的栅门,坍塌的篱笆!
　　啊,请珍爱这青青的山岗,
这被我懒散的游荡踏过的草地,
　　枫树簌簌的华盖,菩提树的阴凉——
它们对于灵感是这样亲昵。

女 水 妖[①] 1819

不久以前,有一个僧人
修行在湖畔幽深的林中,
他严峻地刻苦自身:
总在斋戒、祈祷和劳动。
老僧人已经用铲子
给自己掘了一个坟墓,
只是为了热望的死
他不断地祷告着圣徒。

有一次,在夏日的黄昏,
隐士在低陋的茅屋前
默默向着上帝祈祷。
树林逐渐变得幽暗,
湖上的雾气飞腾弥漫,
白云间红晕的月亮
正静静地游过天空。
老僧开始向湖水观望。
他望着,不由得心惊;
自己也不知什么原故……
他看见:波涛在翻腾,
以后又突然平复如初……
蓦地……有如夜影的轻飘,
又白得像初雪落在山岗,

---

① 本诗最初被审查官禁止发表,以后发表了,又引起宗教界的不满。

一个赤裸的女人跃出水,
默默无言地坐在岸上。

她一面望着老僧人,
一面梳理潮湿的头发。
神圣的老僧吓得发抖,
又目不转睛地望她,
美女向他招了招手,
又把头对他频频点着……
突然——像飞逝的流星,
她躲进了如梦的水波。

郁郁的老人整夜失眠,
次日一天也不再祈祷——
那奇异的少女的身影
不自主地在脑中缭绕。
树林又披上了夜幕,
月亮又在云中移行,
少女又坐在湖岸上了,
那么苍白,魅人心灵。

她凝视着他,不断点头,
顽皮地远远飞吻老僧,
又拨弄和泼溅着水浪,
大哭,大笑,像个儿童;
她柔情地对他呻吟,召唤:
"僧人,僧人!来呀,来这里!……"
又突然没入明亮的水波,
一切归于深沉的静寂。

第三天,热情的出家人

坐在妖魔作祟的岸边
一直等待美丽的少女。
夜影已经横陈在林间……
曙光又驱走夜的幽暗：
啊，但老僧却不见了，
从湖边，儿童们只看见
一绺白须在水上漂。

未完成的画 1819

谁的思想在激动中寻找,
而把美底秘密发现?
天啊,谁的彩笔意识到
这样天庭的容颜?

是你,天才! 但爱底痛苦
摧毁了他。他以视线
默默盯着自己的画幅,
跟着熄了心灵的火焰。

独 处[①] 1819

住在僻静的庭荫的人有福了,
他远离了吹毛求疵的无知之辈,
他把日子分配给悠闲和辛劳,
有时回忆,有时在希望中陶醉;
命运给了他一些知心的友好,
使他避开了(谢谢老天的慈悲!)
无论是令人恹恹欲睡的愚夫,
还是那激怒人的无耻之徒。

---

① 本诗是法国诗人阿尔诺的《孤独》一诗的翻译。

欢快的筵席 1819

我爱那夜晚的宴饮：
"欢乐"是座中的主席，
而"自由"，我崇拜的神，
它制定桌上的法律。
直到天亮，"干杯！"这句话
淹没了呼啸和歌吟，
座客的圈子渐渐扩大，
酒瓶的小圈越排越紧。

给伏谢渥罗斯基[①] 1819

别了,享尽欢笑的饮宴,
你自由所宠爱的儿童!
终于,你离开了这片海岸,
这奴隶们的僵死的城;
离开粗鲁、时尚和任性,
你奔赴和煦的莫斯科。
那儿的人们重视享乐,
他们无忧地白日睡眠,
并且喜爱生活的变换。
啊,莫斯科是多么迷人!
那五光十色,处处生动:
那古老的繁华,那宴饮,
那待字的闺秀,那钟声,
那忙碌而轻浮的欢乐,
还有天真的散文和诗歌。
那儿,在喧腾的晚会上,
你会看到"无事"的骄矜,
精巧花边里的"作势装腔",
戴着金丝眼镜的"愚蠢",
沉重的"显赫"的消遣,
还有手拿纸牌的"无聊"。

[①] 尼基大·伏谢渥罗斯基(1799—1862),彼得堡富翁之子,剧评家,"绿灯社"社员,他是普希金在外交部的同事。他的家是"绿灯社"聚会的场所,彼得堡的青年们常在他的家中欢宴。

你对一切都时刻旁观，
观察片刻，你就会嗤笑；
你原本膜拜金色的慵懒
和欢娱，你全心地欢喜
放任自己，那么，很快地
你就会听从我的规劝，
离开那上流社会的场合，
决定只顺本性而生活。
啊，我在想象中已经预见
你在偏僻的一个港湾：
寒冷的"阿伊"①的清流
正在冒泡的杯里沸腾；
你那些穿长衫的新朋友
懒懒吸着冒浓烟的烟斗，
在喧闹，痛饮！热情的酒盅
转过狂欢的一圈又一圈，
欢乐曳去了你的悠闲。
而那里，一些埃及的少女
又在你前面飞舞，旋转，
我似乎听到嘹亮的歌曲，
柔情的呻吟，粗野的叫喊，
她们那些昏眩的扭动，
那狂热的眼睛的火焰，
一切，我的朋友，在你心中
都引起了狂喜的颤栗……
可是，朋友啊，请别忘记，
这儿有你妙龄的俘虏
每刻在等你，为你叹息②；

---

① "阿伊"，法国香槟酒名。
② 在戏剧学校中学习舞蹈的女生 A. 奥渥斯妮科娃钟情于伏谢渥罗斯基。

她整日地悒郁而怠惰，
守在她甜蜜的哀愁里，
并且躲开可怕的阿古斯①，
悄悄地在窗下啜泣；
她望着你空旷的房子，
怀着郁郁的思念和愿心
朝那儿飞去；啊，在那里
我们如此常常地宴饮，
有维纳斯，有酒神，有你。
但她那呆痴的眼神
几时能盼到心上的人？
是否很快地，在爱情前，
就跌落了幽禁的门闩？

而我们这寂寞的一群，
同志啊，可快要充满生气？
你几时奔来，亲爱的友人？
我的心到处追踪着你。
无论在哪儿，请你尽量
从青春的情欲底手中
获得冠冕，并给我们证明：
在艰难的幸福底学问上，
你是一个专家和内行。

---

① 阿古斯，希腊神话中的百眼怪。这里指学校的舍监。

皇　村　1819

优美感情和昔日欢乐的守护,
林野的歌者久已熟悉的精灵——
记忆啊,请在我的眼前描绘出
那迷人的地方,我曾以整个心灵
在那儿生活过;请绘出那林丛,
它培养过我的情感,我爱过,
在那儿,我的青年和童年交融,
在那儿,被自然和幻想爱抚着,
我体验到了诗情,欢笑和平静。
引我去吧,引我去到那菩提树荫,
对于我自由的慵懒,它永远可亲;
引我到湖水边,到幽寂的山岩!……
我要再看到那厚密的绿草如茵,
那明亮的山谷,那古树的枝干,
那潮湿湖岸的一片熟稔的风景,
还有在静静的湖心,游过明波,
那一群骄傲的安详的天鹅。
别人尽可以歌唱英雄和血战,
但我只单纯地喜爱生活的安谧,
荣誉的辉煌的幻景与我无缘,
这缪斯的无名友人只要向你——
皇村的美丽树林啊,从此奉献
他平静的歌唱和恬适的悠闲。

"在附近山谷后" 1819

在附近山谷后的小树林，
明亮的溪水流得正欢欣，
我听见了年轻人艾得温
和阿琳娜告别的最后一吻。

月亮上升，她坐在那儿不动，
她的胸脯呼吸得好沉重，
早霞出现，阿琳娜透过白雾
还是望着人迹空去的路。

邻村的牧童时常看到她
在溪边，在告别的垂柳下，
当他吹着忧郁的风笛
呼唤日午的羊群去到小溪。

多年过去了——又一年已过半，
艾得温来了，我远远望见
他忧郁地走向谷后的树林，
明亮的溪水流得正欢欣。

艾得温看见有一个僧人
站在他告别恋人的柳树阴，
一个新坟上竖着十字架，
上面冠戴着枯萎的玫瑰花。

他的心突然紧张,充满惊悸。
是谁埋在这儿?他看着碑记。
他垂下头……栽倒在僧人脚前,
我听见了他最后一声哀怨。

柏拉图主义[①] 1819

我知道,丽金卡,我的朋友,
是向谁,你把你的空闲
寄托于甜蜜的淡淡哀愁;
悄悄避着疑心的女伴,
我知道,你是在把谁祀奉。
那淘气而飘飞的神童
虽然会迷人,却把你吓坏,
而希门[②]的冰冷的慎重
也使你感到难以忍耐。
于是,听从自己的宿命,
你膜拜着另一个上帝;
温柔的热情访问你
是通过一条荒僻的途径。
我理解你眼中微弱的火焰,
我理解你那半隐蔽的顾盼,
苍白的面颊,倦慵的举止……
你的上帝不把整个欢欣
奖励给膜拜他的信士,
只有年轻而怯生的"谦谨"
才珍重他那神圣的恩赐;
他爱的是幻想的梦,

[①] 本诗是法国诗人巴尼的一首诗《西色拉的一瞥》的意译。"柏拉图主义"指精神恋爱。

[②] 希门,希腊神话中的婚姻之神。

他能忍受门扉的闭锁,
他亲昵着羞怯的欢乐,
他爱爱情,但只在孤独中。
当你在幽暗的深夜里
为郁郁的失眠所折磨,
他就会以秘密的神力
使你朦胧的幻想复活;
他会和可怜的丽达一起
柔情地叹息,并以手轻轻
挥去维纳斯感召的梦魅
和甜蜜的少女的平静。
唉,你想以独处的陶醉
欺骗爱情,那岂不徒然!
在自娱中,你又相思,忧烦……
爱神怎能够看不见
这是没献给他的心田?
你的姿色会似玫瑰枯凋,
青春的韶光飞快地奔跑。
难道我的恳求都归枉然?
且请忘记这梦呓的冒犯:
你并不能够永远美丽,
何况你的美也不为自己。

给茹科夫斯基的短笺[①]   1819

拉耶夫斯基,以前的"少年",
——如今已成了"男儿好汉"[②],
和普希金,那巴纳斯仙女
所收留的懒惰的学生,
都来拜访你,茹科夫斯基。
可是诗人不在家中,
他们惆怅得难以形容,
只好冠戴着柏树枝,
手拿着法文小说《波里斯》[③],
郁郁不欢地转回家中。
是哪位圣徒,哪个女媒,
能引导你和我相会?
请问你:你今天可否
去到卡拉姆金父女的家?
无论如何——我在恭候,
请为我的恳请所动吧,
拉耶夫斯基,"今日的荣耀",
也邀请你去喝一杯茶。

[①] 普希金和小拉耶夫斯基带着 H. 拉耶夫斯基将军的请帖去找诗人茹科夫斯基,但后者不在家,本诗因此而作。
[②] "少年""男儿好汉"和后面的"今日的荣耀",都引自茹科夫斯基的诗《俄国军营中的歌手》,其中歌颂过拉耶夫斯基父子。在该诗初版中,茹科夫斯基称小拉耶夫斯基为"少年",再版时改为"男儿好汉"。
[③] 法文小说《波里斯》是圣·伊波利特(1799—1881)的作品。

给托尔斯泰的四行诗节[①]　1819

早熟的哲人啊,你规避
宴饮和生活的享乐,
望着青春的嬉戏,你报以
谴责的冰冷的沉默。

把社交场的娱乐撇开,
你只守着沉闷和忧伤,
你以格拉茜的金盏换来
艾庇克蒂塔特[②]的灯光。

相信我吧,朋友,就将来到
那凄凉而悔恨的一天:
冷酷的真理将把你烦扰,
无益的思绪缭绕心间。

宙斯娇惯着人的堕落,
使各种年龄都有玩具,
在白发上,可不会响着
哗啷棒的疯闹的把戏。

唉,青春一去不再回返!

[①] 雅珂夫·托尔斯泰(1791—1867),普希金在"绿灯社"结识的友人,他是该社的主持人之一,又是"幸福同盟"盟员。这首诗是对他的一首诗的答复。
[②] 艾庇克蒂塔特,古希腊禁欲主义哲学家。

爱情不听呼唤,将展翅而飞,
尽你呼唤那甜蜜的悠闲,
尽你呼唤那飞逝的沉醉!

啜饮欢乐到最后一滴吧,
潇洒地活着,不要动感情!
顺随生命的瞬息过程吧,
在年轻的时候,你该年轻!

再　生[①] 1819

粗笨的艺匠以昏盹的笔触
把一幅天才的图画涂污，
他自己的毫无规律的画
就在原画上胡乱地描出。

随着年代，格格不入的彩色
像衰枯的鳞片一样剥落，
于是，对我们，天才的作品
就呈现出原来的光泽。

同样地，我的虚妄无知
也随着痛苦的心灵消失，
立刻，新的幻景浮现出了
那最初的，纯洁的往日。

[①] 在冬宫的艾尔米塔式博物馆中有拉斐尔的名画《神圣的家庭》，关于这幅画记载说：曾有某个拙劣的画师想把这幅画整顿一新，在它上面重新着色，但画笔不能一致，于是索性在那上面改画起来，以致拉斐尔的笔触完全被遮盖不见了。以后这幅画被人购去，将表面颜料洗去，拉斐尔的原作鲜明地呈现了出来，因为有表面涂上的颜料的保护，反而免于年代的风蚀。本诗可能是诗人在见到这幅画后有感而作。

致葛尔恰科夫公爵函[①]   1819

时髦的公子,上流社会的宠幸,
你拘泥于礼俗的社交明星,
你让我离开这和睦的集团;
可是,怀着对美的无忧的崇敬,
我却要安享默默无闻的悠闲。
朋友啊,和你一样,在无知之年
我因为醉心于害人的虚荣,
消耗了生命、静谧和情感,
然而,在上流社会的污烟中
疯狂了一阵,我需要走开休憩。
我认为,这些快乐的荒唐少年
对我百倍可亲:他们智力沸腾,
在这里,我的思想自由驰骋,
我可以高声争辩,感到更活泼,
而且我们都是——美底爱好者。
绝不似那场合:萎靡得死沉沉,
头脑都不由自主地保持沉默,
心被寒冷所凝固,布杜尔林[②]
成了一群无知之辈的立法者,
谢平是沙皇,而沉闷——是主席,

---

① A. M. 葛尔恰科夫,普希金的中学同学。诗人在这首诗里将"绿灯社"的聚会和上流社会的社交场合对照写出。
② Л. П. 布杜尔林(1790—1849)和 Д. А. 谢平(1790—1874)都是彼得堡的军官,前者著有战争史。

惟一的愚蠢使大家不分高低。
我忘不了那些幼稚自尊的人，
他们恶毒得疯狂，骄傲却空虚，
啊，环顾那一大厅时髦的暴君，
他们的谴责或赞扬与我何干！……
当某一位昏聩的将军被吸引
在一群贞洁的拉伊莎①中间，
吃力地以法文情歌来开心，
（她们有的注意听着，有的打盹）
又环顾左右，带着恩赐的傲慢，
而大家不是瞌睡，就是无言，
有的拈着髭须，只听马刺碰响，
偶尔也有人微笑地打着呵欠，——
而与此相反，朋友啊，在这地方，
却是自由、酒神和缪斯在款待
人所不理会的顽童们。我不再
听到那一再重复的机智的谈吐，
对政治的可笑的低声议论；
我不再看到那伙陈腐的愚夫，
神圣的蒙昧之士，可敬的小人，
和宫廷装腔作势的神秘客！
请你也暂时离开你的权贵吧，
来到我紧密的友人圈里就坐；
你啊，本来执拗地爱好优雅，
会阿谀也会刻毒地笑语横生，
还像以前吧，作渎神的讽刺家，
还像以前吧，作个哲人和顽童。

---

① 拉伊莎，古希腊的名妓。

"一切是幻影" 1819

一切是幻影、虚妄，
一切是污秽和垃圾；
只有酒杯和美色——
这才是生活的乐趣。

  爱情和美酒，
  我们同样需求；
  若没有它们，人
  一生都打欠伸。

我得再添上疏懒，
疏懒和它们一道；
我向它颂扬爱情，
它给我把酒倾倒。

"亲爱的朋友" 1819

亲爱的朋友,我白白想隐蔽
这被骗的心中涌起的寒潮。
你看出了我——欢情已逝去,
　　我不再爱你了……
永远逝去了那醉心的时刻,
　　啊,那美好的时光;
青春的欲望已燃尽它的火,
　　内心也死去了希望。

歌　谣[①]　1819

姑娘,你怎么在沉思,
　　毫无动静地闷坐,
不参加圆舞,只独自
　　谨守着一个角落?
"对命名日的人,朋友,
　　没有什么可以开怀,
我想编出歌谣一首,
　　把我们的幸福唱出来。
可是茹科夫斯基睡了,
　　格涅吉屈正在吃斋,
克雷洛夫又吃得太饱,
　　普希金小鬼似的溜开。"

客厅的桌子摆上酒盅,
　　来呀,快一点坐好,
杯中的泡沫咝咝奔腾,
　　让我们编一支歌谣;
看,它已经快编好了,
　　是否还要诗人帮忙?
让我们干一杯,说道:
　　祝命名日的女郎
长寿百岁,而她的朋友

[①] 这是一首诙谐诗,为友人 A. H. 奥列宁的妻子生日而作。前半段是茹科夫斯基写的。

爱她一世都不嫌太晚，
但愿我们也活得长久，
　　只是不要和她离远！

一八二〇年

给多丽达 1820

我相信：她爱我；我的心需要信仰。
可不是？我亲爱的人不可能假装。
她的一切都那么真：胆小的羞涩，
美与快乐的馈赠，欲望底恹恹情热，
还有衣着和谈吐上那一种风流，
那甜蜜的名字里的稚弱的温柔。

"我性喜战斗" 1820

我性喜战斗——我爱刀剑的震鸣,
从幼小时,我就向往战场的美名。
我爱战争的流血的嬉戏,而死亡
我是不怕的;我亲昵着死底冥想。
在花一般的年龄,谁要是为自由
作忠实的战士,而不预见死在前头,
那么,他就没有尝到充分的欢欣,
他也不值得美丽的女人的爱吻。

咏科洛索娃① 1820

艾斯菲尔的一切都迷人：
她那令人陶醉的谈话，
眷恋的顾盼，温柔的声音，
紫袍下的矜持的步伐，
垂到肩头的黑色的卷发，
赤裸的手臂搽着白粉，
还有粗粗抹出的眉毛
和那一双巨大的脚！

---

① A. M. 科洛索娃(1802—1853)，在彼得堡剧院上演的《艾斯菲尔》悲剧中充当主角。和她竞争的另一女演员是西敏诺娃，普希金赞赏后者。

给尤列夫[①] 1820

为轻佻的拉伊莎们所钟爱,
你维纳斯的迷人的宠幸——
我的阿童尼[②]啊,你应该
学会忍耐她片刻的欺凌!
在你的命运中,她给了你
不仅青春之美的魅力,
还有多情的沉默和微笑,
灵活的眼神,黑色的髭须。
我的朋友,这对你已经够了。
即使还未见燃烧的情欲,
即使你还没有享受到
美人的吻,那有什么关系?
在城市的欢乐的烟雾里,
在舞神妙曼的游戏场上,
那些年轻的美人的视线
岂不郁郁地向着你飘荡?
啊,那爱情的沉默的语言,
那心灵的脉脉含情的叹息,
它流入你沾沾自喜的心,
我亲爱的朋友,该是很甜蜜。
你该欣幸于自己的命运。
而我,一事无成的浪荡子,

[①] Ф. Ф. 尤列夫(1796—1860),军官和"绿灯社"社员。
[②] 阿童尼,希腊神话中的一个牧童,为维纳斯喜爱的人。

黑人的一个丑陋的后嗣，
我在粗犷的单纯中成长，
从不知道爱情的忧伤；
妙龄的女人喜欢我的
不知羞耻的热狂的情欲，
就像林中的仙女出于意外
颊上泛起不自主的红润，
有时连自己也不明白，
偷偷地望着好色的牧神。

"白昼的明灯熄灭了" 1820

  白昼的明灯熄灭了,
黄昏的雾气笼罩在蔚蓝的海上。
  喧响吧,喧响吧,顺风的帆,
在我的脚下汹涌吧,沉郁的海洋。
  我回顾那远去的海岸,
那令人陶醉的南方大陆的边沿,
我激动地、悒郁地向那里恋恋望去,
  沉湎于无限的回忆……
我感到:我的眼睛又涌出了泪珠,
  心在沸腾,像要被噎住;
熟稔的梦尽在我的头上团团飞旋,
使我想起以往岁月的热狂的恋情,
我心爱的一切和一切给我的苦痛,
啊,那些心愿和希冀底苦恼的欺骗,……
  喧响吧,喧响吧,顺风的帆,
在我的脚下汹涌吧,沉郁的海洋。
飞吧,海船,任随这喜怒无常的大海的
可怕的任性,把我带到遥远的地方;
  只要能离开那雾色笼罩的
  祖国的忧郁的海岸,
  啊,是在那里,火热的情欲
  第一次把我的感情点燃;
是在那里,温柔的缪斯对我秘密地微笑,
  而我的青春还未鲜艳
  就遇到了过早的风暴;

是在那里,薄情的欢乐展开轻盈的翅膀,
留下了一颗冰冷的心,在痛苦里彷徨。
　　为了去寻找新鲜的感应,
　　我逃开了你,祖国的土地。
　　我逃开了你们,享乐惯的人,
我飘忽的青春所缔结的飘忽的友谊;
还有你们,在荒唐的迷途中知心的女友,
我没有给你们爱情,却为你们牺牲了
　　我的平静、荣誉、心灵和自由;
还有你们:让我遗忘吧,负心的姑娘,
啊,我金色的春天里密结的侣伴,
让我遗忘吧……然而,那过去的灵魂的创伤,
那爱情的深刻的创伤,却仍旧留在心上……
　　喧响吧,喧响吧,顺风的帆,
在我的脚下汹涌吧,沉郁的海洋……

"唉,为什么她要焕发"[①] 1820

唉,为什么她要焕发
那瞬息的温柔的美?
正是青春待放的鲜葩,
她却在显著地枯萎……
啊,枯了!转眼她就不能
享受她年轻的生命;
她竟不能够长久支持,
以愉悦她美满的家庭;
那潇洒而可爱的机智
再不会助长我们的谈兴;
再没有她那明澈的心
慰藉痛苦人的灵魂……
我把满腹悲怆都捺下,
心头搅着沉郁的思潮,
赶紧去听她愉快的谈话,
并且看看她的容貌。
我望着她的每个动作,
我听着她的每个声音——
啊,那永诀的最后一刻
深深震惊了我的心。

[①] 本诗哀悼的人可能是拉耶夫斯基将军的女儿叶琳娜(患有肺病),也可能是她的姐姐喀萨琳。

致—— 1820

为什么要以不祥的思想
过早地滋养内心的忧郁,
并且带着怯懦的悲伤
期待那不可避免的分离?
痛苦的日子原已经临近。
在寂寥的田野,孤独的
你将会召唤和重温
你丧失的岁月的记忆!
那时候,不幸的恋人啊,
你宁愿用坟墓和流放
换取哪怕少女的一句话,
哪怕她步履的一声轻响。

"我毫不惋惜你" 1820

我毫不惋惜你,我春日的年华,
你白白在爱情的迷梦里逝去,
我毫不惋惜你,啊,良宵的圣馔,
那情欲的芦笛所歌唱的秘密;

我毫不惋惜你,不忠实的朋友,
传递的酒杯和盛宴的花冠;
我毫不惋惜你,薄情的姑娘啊,
郁郁的,我已经和欢娱无缘。

然而你在哪里,年轻的希望
和心灵的恬静底醉人的刹那?
啊,灵感的火焰和眼泪哪里去了?
还是回来吧,我春日的年华!

"我看见了亚细亚" 1820

我看见了亚细亚的不毛的边境,
高加索的偏远,烤焦的山谷,
车尔吉斯部落的原始的住处,
炙热的波古莫河岸,荒凉的高峰,
飘忽的白云给山顶盘绕着冠冕,
  还有库班河外的平原!

神奇的惊人的地方,……炙热的溪水
  在赤热的峭壁间滚沸,
   啊,无边幸福的水泉!
你是憔悴的病患者真实的希望。
  在奇迹的水边,我看见
枯槁的青年人,不再留恋于宴飨,
被维纳斯注定给秘密的苦难;
还有年轻军人过早地使用拐杖,
还有衰弱的老人,暗淡的白发苍苍。

给卡拉乔治的女儿① 1820

是月下的雷鸣②,为自由而战,
　　啊,你神奇的父亲曾沾满
庄严的血:是罪人,但也是英雄,
是人间的灾星,也该享有光荣。
　　他曾以血腥的手,把你,
一个幼儿,拥抱在自己火热的胸膛;
　　他那匕首作过你的玩具,
　　由于杀戮弟兄而磨光……
啊,多少次他沉默,对着你的摇篮
心中却燃起凶残的复仇的火焰;
他一面转念新的杀戮和袭击,
一面听着你的儿语,也稍感欢乐……
他就是这样的:一生可怕而沉郁。
但是你,姑娘啊,你却以虔诚的生活
将父亲狂暴的一生对上天抵偿:
　　从可怕的坟墓,向天庭
　　你的一生像一炉香,
像爱情的纯洁的祈祷,冉冉上升。

---

① 卡拉乔治,意即"黑心的"乔治,塞尔比亚的领袖,以性暴著称。他因为父亲不肯参加反土耳其的斗争而弑父,又在愤怒中绞死兄弟。普希金未见到他的女儿(当时乔治一家住在吉辛辽夫附近的霍金)。
② 月亮旗是土耳其的旗帜。乔治反抗土耳其的压迫,故称"月下的雷鸣"。

题维亚谢姆斯基肖像① 1820

命运想在他身上表现自己的才赋；
在这幸运的宠儿身上，出于错误
他以财富和显贵的门第结合了
崇高的智慧，以纯朴结合了刻毒的笑。

---

① 诗人 П. А. 维亚谢姆斯基出身于富豪的公爵门第，他写的警句和批评以刻毒的讽刺著称。

黑色的披肩　　1820

呆痴地,我望着黑色的披肩,
悲哀啮咬着我冰冷的心坎。

从前,我年轻,有一颗轻信的心,
我热爱一个妙龄的希腊女人。

这迷人的少女对我异常恩爱,
然而,黑色的日子很快地到来。

有一次,我正聚会欢笑的宾客,
一个可憎的犹太人跑来找我;

"你和朋友(他低语)还在这里宴饮,
你的希腊姑娘可对你变了心。"

我诅咒他,给了他一些黄金,
而且呼唤来我忠实的仆人。

我们出来;我骑着快马驰奔,
温情和怜惜都默默地消隐。

我还没看到希腊少女的门槛,
眼前便已发黑,全身软瘫……

我独自闯进了她幽深的闺房……

那阿尔米亚人正吻着希腊女郎。

我一阵晕眩；刀当啷一击……
那恶棍要中断接吻也来不及。

我久久地践踏着无头的死尸，
并且对苍白的少女默默凝视。

我记得那哀求……那血往外涌……
从此死了少女，也消失了爱情！

我从她头上取下了黑色的披肩，
我无言地用它拭干血染的剑。

我的奴仆在夜色昏黑的时候，
把两具尸身投进多瑙河的急流。

从那时起，我没吻过迷人的眼睛，
从那时起，我没尝过夜晚的欢情。

呆痴地，我望着黑色的披肩，
悲哀啮咬着我冰冷的心坎。

讥卡钦诺夫斯基[①]　　1820

猪嘴脸！你顽固不化的谩骂家，
在暗隅，灰尘和鄙视中耗白了发，
安静吧，老伙计！你那杂志的吵闹
和那腻人而笨拙的诽谤有什么用？
"好恶毒的打趣！"傻瓜会微笑道，
而聪明人则打呵欠说："愚顽不通。"

---

① 卡钦诺夫斯基是《欧罗巴导报》的编辑，本诗可能由于该导报批评《鲁斯兰和柳密拉》而作。

警 句[①] 1820

难道骂人不使你厌烦?
我和你这笔账很清楚:
好吧,就算我游手好闲,
你却是个好事的废物。

[①] 题名是译者加的。所指的人不详。

警 句 1820

咏 Ф. И. 托尔斯泰伯爵①

在黑暗和卑鄙的生活里
他曾经久久地沉没,
他以自己的腐蚀,长期地
玷污了世界每个角落。
可是,渐渐有点心回意转,
他要给自己遮一遮羞,
而现在呢,他——谢谢天——
只不过是牌桌上的小偷。

---

① Ф. И. 托尔斯泰(1782—1846)以其酒宴、决斗和不规矩的赌博著称。他在军中被革职,以后游历了许多地方。普希金流放南方时,他散布了一些流言,因而引起这首诗。

海 的 女 神 1820

在曙光下,当碧波的浪花在扑吻
塔弗利达①,我看见了海的女神。
我躲在树木间,呼吸都不敢出声,
只见这下凡女神的年轻的酥胸
洁白如天鹅,涌出于明亮的水雾,
我见她把泡沫之流从头发挤出。

---

① 塔弗利达,克里木半岛北部的古称。

"成卷的白云"[①]　1820

成卷的白云飞驰,裂开了碧空,
悒郁的星啊,黄昏的金星!
你把银辉洒上了枯萎的平原、
幽黑的山岩和沉睡的河湾。
我爱你在天穹的微弱的光,
它唤起了我久已沉睡的思想。
我记得,熟悉的星啊,看你升起
在那一切宜人的温煦国度里,
那儿,谷中立着颀长的白杨,
睡着阴郁的柏树,温柔的桃金娘,
而南方的海波在快乐地喧响。
在那山间,我曾怀着珍爱的思想
对着大海,把时光懒懒消磨,
当夜的暗影悄悄爬进村舍——
年轻的姑娘正在幽暗中找你,
她用自己的名字呼叫着伴侣[②]。

[①] 本诗写于基辅省达维多夫的田庄卡敏卡,它处于佳斯敏河边,前六行写的是这里景色。诗人所忆起的"温煦国度"是南方的克里姆,他所忆念的姑娘是喀萨琳·拉耶夫斯卡娅,她喜欢向人指出"自己的星星"的升起。

[②] 指星星。

一八一七——一八二〇年

给丽拉 1817—1820

丽拉,丽拉！我苦于
无慰藉的相思之情,
我憔悴了,奄奄一息,
火热的心就要烧尽;
可是,我的爱情无用,
你对我只有嘲笑。
嘲笑吧,丽拉:寡情
使你另有一种美貌。

诗匠小史　1817—1820

他的耳朵已听惯了
　　嘶嘶；
他只是一心涂抹着
　　稿纸；
以后就折磨世人的
　　耳朵；
而后印成书，在忘川
　　沉没！

命名日 1817—1820

尽量欢腾和嬉笑吧,
逢她的节日应该唱歌;
在我们中间,她正把
友情,优美和青春散播。
同时,那有翅的孩子①
朋友们,也向你们致贺,
他在暗暗想:唉,几时
这命名日也轮到我!

---

① 指爱神。

题索斯尼兹卡娅的纪念册[①]　　1817—1820

　　您迷人的眼睛含有奇异的火焰,
　　　　这火焰却结合了内心的寒冷。
　　谁要是爱您,他非常不智,自然;
　　　　但若不爱您,他更是百倍的懵懂。

[①] Е. Я. 索斯尼兹卡娅(1794—1871),彼得堡的女演员。

咏阿拉克切耶夫[①]　1817—1820

他是全俄罗斯的迫害人,
是使省长都叫苦的瘟神,
参议会要聆听他的教训,
而沙皇——是朋友和兄弟之亲;
他气量狭小,心计毒狠,
不讲道义,毫无头脑和感情;
他是谁?"耿直不阿的忠臣"?
……呸!不值一文的将军。

[①] 阿拉克切耶夫(1769—1834),是亚历山大一世的宠臣,又是一个残暴而刚愎自用的人,掌握着政府的实权。他在自己的纹章上刻有一句箴言是:"耿直不阿的忠臣"。

忠　告　1817—1820

来呀,我们且饮酒作乐,
我们且和生活尽情游戏,
盲目的世人扰扰攘攘,
那些痴人何必去模拟。
且让我们飘忽的青春
在奢靡和美酒中浸沉,
让负心的欢乐也可以
对我们笑笑,哪怕在梦里。
等青春的轻飘的烟雾
把少年的欢乐袅袅曳去,
那么到老了,我们就取得
一切能从它吸取的东西。

你 和 我[①]   1817—1820

你富豪,而我则赤贫,
你毫无风趣,我是诗人,
你红光满面,像是罂粟,
我像死人似的苍白,消瘦。
你这一辈子不用忧愁,
你住的是大楼和华屋;
我呢,整天苦恼和奔走,
天天在一根草上残喘。
你每天吃着美味珍馐,
自在逍遥地痛饮着酒,
你往往懒得向自然
把你应付的债偿还;
我呢,啃完一块干硬面包,
再加淡而无味的生水,
就得为了明显的需要,
从顶楼向百丈以外奔跑。
你被成群的奴仆包围,
你的眼神有暴政的权威,
你使用精细的白棉布
揩你那肥大的屁股;
但我呀,不能像小孩子
那样娇惯我罪孽的洞,

---

① 本诗以手抄稿流传。"你"指亚历山大一世。

赫瓦斯托夫僵硬的颂诗
尽管皱着眉,也得使用。

善良的人 1817—1820

你说得对：菲尔斯令人讨厌，
他自高自大，仿佛是经纶满腹；
对于一切他都摇头晃脑地议论，
一切他都知道，却又不够清楚。
我喜欢你，巴合姆，我的好邻居，
你只不过是傻瓜，谢谢上帝。

题恰达耶夫肖像 1817—1820

出于天庭的至高的意志
他生而背负皇差的锁链；
可能在罗马是布鲁塔斯，
在雅典是彼瑞克利斯①，
但在这儿，他是近卫军官。

---

① 布鲁塔斯（纪元前85—前42），罗马政治家，拥护共和政体，反对专制，因而刺死恺撒。彼瑞克利斯是纪元前五世纪的雅典政治领袖，他在奴隶制的基础上推行了一些民主的措施。

一八二一年

陆地和海洋① 1821

每当柔和的西风飘掠过
蔚蓝的海洋,轻轻吹着
骄傲的大船远行的船帆,
又把小船爱抚于浪波;
那时啊,我更乐得疏懒,
便放下忧愁多思的重载,
而且忘了缪斯的歌唱:
悠悠的海吟对我更可爱。
可是,每逢海滨的波浪
飞溅着泡沫,咆哮,喧腾,
雷在天空轰响,在幽暗中
电光闪烁,我就离开大海,
走进那和蔼可亲的树林;
我会觉得陆地更可信赖,
并且怜悯艰苦的渔人:
他的小船是那么不牢固,
仿佛盲目的深渊的玩物。
而我呢,在安全的静谧中,
倾听着谷里溪水的淙鸣。

---

① 这首诗是纪元前二世纪希腊诗人莫斯哈的一首诗的意译。

镜前的美人 1821

你看那美人儿,在镜前整容,
把花朵环插在自己的鬓角,
她卷弄着发梢——忠实的镜中
就映出了笑靥、媚眼和骄傲。

缪　斯[①] 1821

我幼小的时候,很讨她的欢喜,
她给了我一只七支管的芦笛。
她微笑地听着我吹奏——轻轻地
按着笛管的抑扬顿挫的洞隙,
我已经会用我的柔弱的手指
奏出为神启示的庄严的赞诗
和扶里吉亚[②]的牧人安详的歌曲。
从清晨到黄昏,在橡树的阴影里,
我殷殷聆听这隐秘女神的教益,
而且,为了偶一奖励,使我欢喜,
她也有时候从她妩媚的额际
撩开卷发,把芦笛从我手里接去。
那时啊,笛管就充满了神的呼吸
发出圣洁的声音,使心灵沉迷。

[①] 希腊神话中有九个缪斯,是掌管诗歌、艺术、历史、科学等不同领域的女神。这里缪斯是指诗神。
[②] 扶里吉亚是小亚细亚中部的古称。

"我耗尽了我自己的愿望" 1821

我耗尽了我自己的愿望,
我不再爱它,梦想也消失,
只有痛苦还留在心上:
那内心的空虚之果实。

在残酷的命运的风暴里
我鲜艳的花冠已经凋零,
我过得孤独而且忧郁,
我等着:是否已了此一生?

就好像当初冬凛冽的风
飞旋,呼啸,在枯桠的树梢头
孤独的——感于迟暮的寒冷,
一片弥留的叶子在颤抖……

战 争[①] 1821

　　啊,战争!终于升起了旗帜,
光荣之战的旗帜呼啦啦飘扬!
我将看见血,我将看见复仇的节日,
致命的子弹在我四周嗖嗖的响。
　　有多少强烈的印象
　　等待我渴望的心灵!
　　那狂暴的义勇队的攻击,
　　军营的警号,刀剑的震鸣,
　　还有杀气腾腾的战火里
　　将领和部卒的壮烈牺牲!
　　啊,这许多高歌的主题
　　会把我沉睡的诗灵唤醒,——
一切对我将是新鲜的:简陋的帐篷,
敌人的营火,他们异邦口音的呼喊,
黄昏的战鼓,炮弹的嚎叫,炮声的轰隆,
　　还有可怕的死的预感。
啊,那杀人的渴望,英雄的残暴的烈火,
对荣誉的盲目热情:是否会附上我?
是否那双重的花冠将落在我的份上,
或是战神给我判定了幽暗的收场?
那么,一切将随我死去:青春的希望,
诗思的枉然的激动,心灵的神圣火焰,
崇高的追求,对兄弟和友人的怀念,

[①] 希腊人民反抗土耳其的战争爆发后,传说俄国将声援希腊参战,本诗因此而作。

还有你,你,爱情!……唉,难道战争的喧嚷,
战斗的辛劳,骄傲的荣誉的絮语,
全不能淹没那经常烦扰我的思想?
　　啊,我中了恶毒,顿觉无力:
平静离开了我,我对自己失去了控制;
　　　沉重的慵懒闷住我的心胸……
那战争的恐怖为什么这样姗姗来迟?
为什么还没有火热的初次交锋?

给德里维格① 1821

德里维格,巴纳斯的兄弟,
你的散文曾使我欢喜,
不过,男爵,我得赔不是,
我却更欢迎你来写诗。
你自己知道,过去那些年
我爱在巴纳斯的泉水边,
把叙事诗,颂诗胡写一气,
甚至人们能够看见我
照时尚排演着木偶戏。
往常,无论我写的是什么,
别人嗅不到罗斯气息;
我不必为它向审查官哀求,
金珂夫斯基②总赞不绝口。
现在呀,我很少透一透气!
缪斯节欲了,变得憔悴,
我和她已很少,很少犯罪。
我对无常的诗誉已经冷淡,
只是出于习惯,我懒懒地
追逐着她,像一个男子汉
跟随着自己高傲的发妻。
她的许愿我早已丢在脑后,
只有自由是我的偶像;

---

① A. A. 德里维格(1798—1831),诗人,普希金的中学同学和好友。
② 金珂夫斯基,彼得堡的书刊审查官。

可是,我的诗人们,我仍旧
喜爱竖琴的快乐的歌唱。
正如你们幽会的撮合者
忘了自己青春的恶作剧,
今天,她可以微笑地望着
少年人的勾搭的把戏……

寄格涅吉屈函摘① 1821

这一个国度,曾被恺撒封赏,
又是狡猾的皇帝所放逐的
奥维德郁郁度日的地方②;
他曾将哀诉的琴,在这里
怯懦地弹给耳聋的偶像;
就在这儿,远离北国的京都,
我忘了那无尽繁华的烟雾,
而只将我自由的芦笛声
惊扰着莫尔达维亚人的梦。
我仍旧和以前一样执拗;
不愿意向愚顽之辈鞠躬,
和奥尔洛夫争论着③,很少饮酒,
对奥克达维④啊——只盲目希望,
阿谀的恳求却不想歌唱。
我对友谊写了轻松的书信,
信笔所之,不加严格的推敲;
而你,受到命运女神的宠幸,
才气的纵横,精神的崇高,

---

① H. И. 格涅吉屈(1784—1833),诗人,荷马史诗《伊里亚特》的译者。普希金流放南方,格涅吉屈给他写了一封鼓励的信,本诗为其答复。
② 古罗马诗人奥维德被罗马皇帝奥古斯达·奥克达维流放到多瑙河口的古斯吞吉。这首诗沿袭史家的错误推测,认为奥维德流放的地方是莫尔达维亚的草原。
③ M. И. 奥尔洛夫在吉辛辽夫的家是未来的十二月党人的聚会之所,他们常在此展开争论。
④ 普希金自比奥维德。奥克达维指亚历山大一世。

都注定你唱出庄严的歌,
我孤寂的生活中的快乐;
你啊,艾斯齐拉①的伟大灵魂
由于你而复活,你为我们
把荷马的缪斯显示在眼前,
并且给光荣底豪迈的歌者
解除了铿锵韵律的束缚②;
你的声音传到了这边远,
这使伪君子和狂傲无知者
无法再迫害到我的乡间。
啊,那是多甜蜜的灵感之音!
它重又活跃了歌者的心。
菲伯的宠儿啊!你的慰问,
你的赞誉对我都极可珍;
诗人只为友谊和缪斯而生。
他的敌人只赢得他的轻蔑——
他怎能加入市侩的争吵,
在众目睽睽下贬低了缪斯?
虽然他以教训的鞭杖打了
酷评家——那只是顺便为之。

---

① 艾斯齐拉,古希腊悲剧家。
② 格涅吉屈以无韵体诗译出《伊里亚特》。

匕 首① 1821

林诺斯的大神②把你锻铸,
　只为了不死的复仇女神使唤;
自由底秘密的守卫啊,你可以惩处,
你是对耻辱和冤仇的最后的裁判。

如果宙斯的雷不响,法理的剑也睡了,
你就是把诅咒和希望付与实现的人,
　　你潜伏在皇座的周遭,
　　灿烂的华服里也能寄身。

你沉默的刀锋对着恶人的眼睛直射,
有如地狱的冷光,有如天神的电闪,
　　而他呢,左右环顾,颤栗着,
　　在宴饮之中坐立不安。

无论在哪里,你都能给他意外的一击,
无论在陆地,海上,在庙堂或者帐幕中,
　　或者在幽秘的古堡里,
　　或者在家里,在床上做梦。

---

① 本诗在诗人生时未曾发表,只以手抄稿流传。它对当时的革命运动起了鼓舞作用。
② 希腊神话中的锻铸之神,据说住在林诺斯岛上。

神圣的汝比康河在恺撒的脚下喧响①,
强大的罗马颠覆了,法理垂首含哀;
　　但布鲁塔斯崛起,把自由高唱,
　　你把恺撒击倒了——他死了,终于敌不过
　　庞贝骄傲的大理石像。

暴乱底爪牙占了上风,在恶毒地欢呼:
　　自由被斩了首,横陈着尸体,
　　而那阴险可鄙的血腥的暴徒,
　　那丑恶的刽子手却一跃而起。

这是死亡底使者②,他不断地以祭品
　　指定给应接不暇的地狱,
　　然而,至高的裁判作出决定,
　　把你和少女犹门尼达③派去。

噢,年轻的桑德④,正义底不幸的使徒,
　　你的生命熄灭在刑台上,
　　但你的尸灰将永远留存住
　　那圣洁的美德的歌唱。

在你的德国,你将成为不朽的幽灵
　　以灾祸威胁着罪恶的权威,
　　而在你的庄严的坟顶
　　无名的匕首将闪着光辉。

---

① 汝比康河在意大利中部。古罗马帝国时,恺撒率军渡过这条河把共和国的执政者庞贝击败,取而代之。布鲁塔斯为了维护共和政体,把野心勃勃的恺撒刺死在罗马的广场上。
② 指马拉,法国大革命的领袖之一。他送了许多人到断头台上。
③ 犹门尼达,复仇女神。此处指夏洛蒂·考尔黛,她刺死了马拉。
④ 桑德(1795—1820),德国学生,因为刺死反动作家考兹布而被处死。考兹布是俄国警署在德国的密探。

"是否总是这些圆拱"① 1821

是否总是这些圆拱荫蔽着
巴纳斯的三女神的庙坛②?
总是这些年轻的祭女喊着?
总是这群星的圆舞在旋转?
难道西敏诺娃,奇异的舞神,
从此沉寂了她迷人的声音?
难道她和菲伯断了关系,
永远,永远离开了我们?
俄罗斯的光辉从此隐去?
不,我相信她将东山再起。
啊,我们正等待向她呈献
整个的心,她那庄严的花冠
在我们面前将永不枯凋。
对于她,那荣誉的爱好者,
年轻的卡杰宁③,缪斯的知交,
会使艾斯齐拉④的天才复活,
并且交还她女王的红袍。

---

① 普希金为女演员西敏诺娃退出舞台而不平,本诗在得知她将重返舞台时写成。
② 三女神指悲剧女神、喜剧女神、舞蹈女神。
③ П. A. 卡杰宁是剧坛领袖,他支持科洛索娃而排斥西敏诺娃。本诗最后希望双方和解。
④ 艾斯齐拉,古希腊悲剧家。

警句① 1821

"虽然他的诗写得还可以,
艾米里为人却浮浅、空虚。"
"但你充满什么呢,盛装的小丑?
啊,我知道,你充满了自己;
你充满的是垃圾,我的朋友!"

---

① 题名是译者加的。"艾米里"指普希金自己。

给 B. Л. 达维多夫[①]　1821

如今,当奥尔洛夫将军[②]——
那被婚姻之神招募的新兵,
正在充满了神圣的热情
要按照婚礼的曲子行进;
当你,爱戏谑的通达之士
正在整夜笑闹地谈心,
而我的拉耶夫斯基父子
也在席间对着"阿伊"酒瓶;
当初春微笑着到处洒泥泞,
在多瑙河两岸,出于悲痛,
我们独臂的公爵在暴动[③]……
这时啊,由于珍念卡敏卡、
奥尔洛夫、拉耶夫斯基和你,
我很想和你谈两句话,
谈谈吉辛辽夫和我自己。

这些天,那嘴馋的大主教[④]
在教堂里,对着信徒群众,
在午餐前,总不自禁地祝祷

---

① 本诗因审查之故,未能流传。瓦西里·达维多夫(1792—1855),十二月党人和卡敏卡田庄的主人,他的家是秘密社团聚会之所。普希金在卡敏卡和他结识的。
② М. Ф. 奥尔洛夫于一八二一年五月和喀萨琳·拉耶夫斯卡娅结婚。
③ "独臂的公爵"指希腊民族英雄亚历山大·伊普西兰蒂,他在战场上失去一臂。一八二一年春,他为反抗土耳其的统治,举行暴动。
④ 指莫尔达维亚的大主教加甫利·巴努列西科。

全俄罗斯的长远的昌盛,
并和马利亚与鸟的合生子①
互相祝吻着向乐园行进……
我聪明起来,成了伪君子,
我吃斋,祈祷,并坚决相信
上帝会宽恕我的罪过,
一如皇上原谅我的诗歌。
英左夫②吃斋了,不久以前,
我也丢下巴纳斯的胡言
和竖琴,命运的倒霉的馈赠,
而做着弥撒,拿起日课经书,
并且吃着晾干了的蘑菇。
然而,他的骄傲的理性
却对我的忏悔大加责备,
而我那不虔敬的肠胃
也对我说:"行行好吧,老兄,
假如基督的血是,比如说,
'克娄德·勿柔'或'拉菲特',
那法国红酒,那我毫无怨尤;
可是相反——请想多么滑稽!
竟给我掺水的莫尔达维亚酒。"
但我只是祷告——和叹气……
我发誓不理撒旦的引诱……
可是,达维多夫啊,不自禁地
我仍然想起了你的美酒……

当然,那是另一种圣餐了:
想到你,和你亲爱的弟兄,

---

① 指基督。这里暗讽马利亚的纯净受孕说。
② 英左夫是比萨拉比亚的总督,普希金当时在他的监管下。

在炉火前,穿着民主派长袍,
往你们那救世的杯中
倒进了没泡的寒冷的清流,
并为了祝"她"和"他们"昌盛①,
直饮干杯中最后一滴酒!……
可是,"他们"在尼亚波里城
失败了,而"她"也没有复生……
唉,人民耽于平静,很久
都不想敲一下他们的重轭。
难道希望之光已经没有?
不,绝不!我们会尝到欢乐,
我们将共饮一杯血酒——
而我将高呼:基督已经复活。

---

① "她"指政治自由。"他们"指意大利的烧炭党人,他们在一八二〇年七月在尼亚波里起义,但在一八二一年三月被奥军镇压。

少　女　1821

我对你说过:和那娇人儿离远!
我知道,她不自主地迷住人的心。
不慎的朋友!我知道,在她面前,
你不可能旁顾,寻求别人的眼睛。
忘了负心的快意,也丧失了希望,
郁郁的青春只挨近她燃烧、发狂;
本是幸福底宠儿,命运底知心,
他们尽把痴情的恳求向她呈献,
但骄矜的少女憎恶他们的感情,
只垂下她的眼睛,不听也不看。

给卡杰宁 1821

是谁送给我的这张丽影,
这美人的令人迷醉的玉容①?
我一向热烈地崇拜才能,
也曾经写诗来把她歌颂。
但是,当我看见只她一个
在香烟缭绕中受到供奉,
便不快地(也许有些偏颇)
以嘘声压倒了一片赞颂。
如今,不平的瞬息已过,
竖琴的杂音只是一刹那,
对着西丽门娜和玛伊娜②,
我的朋友,它只有认错。
众神啊!就这样,凡人有时候
以鲁莽的心把你们冒犯;
但很快地,他又颤抖着手
把新的祭礼向你们呈献。

---

① 指科洛索娃的肖像。
② 西丽门娜和玛伊娜分别为莫里哀喜剧《厌世者》和奥泽洛夫悲剧《芬加尔》中的人物,这两个角色都是科洛索娃扮演过的。

咏我的墨水瓶 1821

奇思怪想的伴侣啊,
我的墨水瓶,
多谢你点缀和美化
我变幻多端的一生。
多少回,欢乐底爱好者
因为和你相对,
而忘了约定的时刻:
那醉饮和快乐的酒杯;
每当我闷闷不乐
坐在朴素的门庭内,
你总是和我相伴,
还有一盏灯,一团梦幻——
一旦为灵感充斥,
我便急急趋就你,
并且呼唤着缪斯
来享受幻想底筵席。
透明而轻飘的烟
在你的上方盘旋,
在那烟雾中,轻颤地
迅速更替……①
啊,我的一切珍宝
就藏在你的瓶底。
我把你奉献给了

---

① 这里残缺了约四十行。

悠闲时刻的写作,
而懒散,你的友伴,
因此不再和我为难。
默默无闻的隐者,
因为你而得以成功,
必是天庭的神火
藏在你神圣的水晶中。
在晚间,当我的笔
在写作本上游荡,
它不费倦人的力气
就在你的墨水上
找到我的诗的起讫
和表现的真实。
有时是声音或文字
会从那里意外流泻,
有时是刻毒的戏谑,
有时是真理的严峻文体,
或是未之前闻的
奇异而新颖的韵律。
我给蠢材剥下外衣,
就用你的墨水
把酷评家和无知之辈
快乐地给涂黑……
但无论愤怒暗吐唾液,
或是诽谤的毒水
都不能把他们溶解。
而对单纯的心灵
无论以背叛,以阿谀,
你都不会给涂黑。

但在这儿,溺于慵懒,

我听到了友人
多虑而温和的怨言……
啊,心灵的友人们,
我怎能把他们忘怀,
不再对他们忠实?
那就快抛开,快抛开
我经常盘算的心事,
抛开抑扬格、扬抑格,
来写散文的书简。
把冷寂无聊的时刻,
我永远做不完的梦幻,
心灵的空虚,分离的忧伤,
我的情思和希望
毫不夸张和粉饰地
通通写在纸上……
用我随意的絮语,
既轻松而又温情,
去慰解他们的心灵……

当我,无忧的自然之子,
已将金色的日子
在忘情中度过,
请不要和我分离,
快乐地生活吧,
墨水瓶,我的知己。

等那阴界的彼岸
永远把我带去,
等这支笔,我的慰安,
永远睡下和安息,
而你凄凉、寂寞,

空守着一个角落,
并且要永远放弃
诗人平静的住所;
恰达耶夫,我的好友,
将悒郁地把你收留;
那时啊,你将成了
我对昔日的友好
最后的问候。
你将在他的两幅画间
呆下来,空虚而干涸,
永远默默无言
装饰着他的壁炉。
你将不至吸引
挑剔的世人的眼睛,
却会把忠实的诗人
向他的朋友们提醒。

给恰达耶夫① 1821

在这儿,我忘了以往岁月的忧虑,
奥维德的凄凉骨灰是我的邻居;
荣誉已经很少引起我的注意,
我疲倦的心灵是多么怀念你!
本来讨厌拘谨的礼节和枷锁,
那酬应的宴饮我并不难摆脱:
座客虽高谈阔论,心却在沉睡,
焦灼的真理被礼貌的寒冷所包围。
虽然离开了那群放荡的年轻人,
在流放中,我并不为此感到伤心;
而且还舒口气,把其他的迷妄——
我的敌人们——都投给诅咒和遗忘,
于是打毁了我曾想挣脱的牢笼,
我的心尝到了未曾有的平静。
在孤寂里,我的任性不羁的诗灵
体验到平静的劳作,幻想的奔腾。
日子由我支配,心智熟悉了秩序,
我学会了专心于长时间的思绪。
在自由底怀抱中,我想要补偿
那些虚掷的年月,少年的荒唐,
并且在启蒙方面和时代并肩。
缪斯,和平底女神,又对我呈现,

---

① П. Я. 恰达耶夫(1794—1856),俄国十九世纪初叶进步的哲学和政治思想的代表人物。(参见一八一八年《致恰达耶夫》一诗)

对我自主的悠暇笑盈盈勉励；
我的嘴唇又吻着被弃的芦笛。
这昔日的声音使我欢乐，我重新
歌唱着我的幻想，自然和爱情，
忠诚的友谊，以及在生命之初
使我沉迷的一些美好的事物；
啊，在那些时日，我不为人所知，
也不懂得忧患、理想、各种体制，
我的歌发自慵懒与欢娱底幽居，
它激荡在皇村庇护的庭荫里。

可是我没有友情。我满怀凄凉
望着陌生的碧空，温暖的南方；
无论缪斯、劳作或悠闲的欢欣——
任什么也不能抵过惟一的友人。
你曾是我的精神力量的良医，
哦，始终如一的朋友，我献给你
短短的一生——命运已把它考验，
和感情——也许是被你所救援！
我这颗心啊，在初开放的年华
你就已熟识；以后又看到了它
怎样在热情的折磨里暗暗凋残；
在危殆的一刻，面临秘密的深渊，
疲惫的我曾得到你不懈的支撑，
你给你的朋友带来希望和平静；
你严刻的目光深察到我的内心，
你以忠告或谴责给了它生命；
你的火焰燃起了我崇高的追求，
我的心里又滋生了坚毅的忍受；
诽谤的流言已经不使我伤心，
我知道怎样去蔑视，怎样去憎恨。

啊，我何苦要庄严地去审判
显赫的奴才和星夜下的愚顽？
或审判那个哲学家①——他在过去
曾以他的腐败使五湖四海惊奇，
虽然现在有所感化，想要遮羞，
便禁绝了酒，成为牌桌上的小偷？
那鲁式尼基的演说家②，无人知晓，
他无害的狂吠也不再使我烦恼。
难道我要为小丑和蠢材的议论，
为夫人和酷评家的喋喋而气愤？
或者去剖解诽谤底胡闹的心机，
当我很可以骄傲于你的友谊？
谢谢天，我已走完了阴暗的路程，
早年的忧伤窒息过我的心胸，
习惯于忧伤，我和命运已经结算，
我将以坚忍的心灵把生活承担。

只有一个愿望了：请和我留在一起！
我再也没有别的恳求烦扰上帝。
啊，我的朋友，难道我们很快就分离？
几时我们能再交织双手和情意？
几时我再听到你当面的热情寒暄？……
我将要怎样拥抱你啊！我将看见

---

① 指 Ф. И. 托尔斯泰伯爵，普希金在一八二〇年的《警句》一诗中曾讽刺过他。他是个荡子、赌徒、骗子和好决斗的人。曾环游世界，在美洲时因犯法而被禁闭。普希金认为他传播了关于他被放逐南方以前在警察局中被鞭打的谣言。诗人在盛怒之下，想以自杀或刺杀亚历山大一世来洗刷耻辱。恰达夫对此曾加以劝阻，因此有"在危殆的一刻，面临秘密的深渊"等语。
② 指 М. Т. 卡钦诺夫斯基教授(1775—1842)，《欧罗巴导报》的主编，他的文章曾使用"鲁式尼基老人"自署(鲁式尼基是莫斯科的地区名)。他的《导报》上发表了对《鲁斯兰和柳密拉》的否定性的酷评，引起普希金的不满。

你的书房:从那儿,你,永远的思想家
和偶尔的梦幻者,把浮世冷眼观察。
我一定,一定去看你,我蛰居的友人,
我们将在一起重温往日的谈论,
那年轻人的晚会,预示未来的争辩
和熟悉的先哲们的生动的言谈;
我们将再争吵、詈骂、判断、阅读,
并且为热爱自由的希望所鼓舞;
我将很快乐;只不过,恳求老天,
务必将谢平①赶出我们的门槛。

---

① 谢平,普希金所讨厌的一个人,彼得堡的军官。

"谁看过那地方"① 1821

谁看过那地方？草原和树林
都被自然底富丽所渲染，
河水闪烁着，以愉快的声音
轻轻拍打着平静的两岸；
在月桂拱立着的山坡上
凄凉的雪花从不敢偃卧——
告诉我，谁看过那迷人的地方？
我曾在那里默默流放和爱过。

金色的国度啊！艾丽温娜的
珍爱故乡！我全心朝你飞去！
我记得海岸的陡峭的岩壁，
我记得溪流的快乐的絮语，
簌簌的树阴，美丽的山谷，
还有安详纯朴的鞑靼人家，
靠着日常操劳和友爱互助，
生活在那好客的屋檐下。

那儿一切生动，悦人眼睛：
鞑靼人的花园、城池、村庄；
层叠的山峰倒映在水中，
船帆消失在大海的远方；
还有葡萄枝上悬挂着琥珀，

---

① 本诗所写的地方是克里姆，特别是古尔卒夫。

牲畜嘈杂地在草原游荡……
航海人会看到米特里达特
矗立的坟墓,闪着一线夕阳。

啊,我能否再从幽暗的林中
一览山石峭立,海的碧波闪亮,
和明媚得好似欢笑的天空,
当桃金娘在倾圮的坟上喧响,
这生活的风暴会不会平静?
你可会再来——往日的优美?
啊,我能否再踱进甜蜜的阴影,
让心灵在和煦的疏懒中安睡?

戴奥妮亚① 1821

赫罗米德爱你;他年轻,不止一回
我们看到你们俩偷偷地聚会;
你听着他,默默无言地飞红两颊,
你低垂的目光里燃烧着情欲;
  而这以后,戴奥妮亚,
你的脸上久久保持温柔的笑意。

---

① 戴奥妮亚和赫罗米德是希腊牧歌中常见的牧女和牧童的名字。

给普希钦将军[①] 1821

穿过烟尘、血泊,在箭雨下,
  现在,这是你的道路;
可是,我们未来的吉罗加[②],
  你预见了自己的前途!
这奴隶人民之间的战争
  很快,很快就没有,
而你把铁锤[③]拿在手中,
  就会振臂高呼:自由!
我赞美你,忠实的弟兄!
  啊,可敬的共济会员!
吉辛辽夫啊,阴郁的城!
  为他的启发而心欢!

[①] 普希钦·巴维尔·塞尔盖耶维奇(1785—1865),驻吉辛辽夫的旅长,在奥尔洛夫的统辖之下。他一度是幸福同盟的盟员。他在吉辛辽夫成立了"奥维德"共济会会所,普希金是其成员之一,并把它看作是政治性的团体,本诗即为该会成立而作。
[②] 吉罗加(1781—1841),西班牙将军,一八二〇年参加了卡吉克斯的暴动。
[③] 共济会集会的仪式中,必有一把铁锤。

"我就要沉默了" 1821

我就要沉默了！然而,假如这琴弦
能在我忧伤时报我以低回的歌声；
假如有默默聆听我的男女青年
曾感叹于我的爱情的长期苦痛；
假如你自己,在深深的感动之余,
能将我悲哀的诗句悄悄地低吟,
并且喜爱我心灵的热情的言语……
假如你是爱着我……哦,亲爱的友人,
请允许我以痴情怨女的圣洁之名
使这竖琴的临终一曲充满柔情！……
于是,等死亡的梦覆盖着我永眠,
你就可以在我的墓瓮前,感伤地说：
"我爱过他,是我给了他以灵感,
使他有了最后的爱情,最后的歌。"

"我的朋友,我已经忘了逝去的" 1821

我的朋友,我已经忘了逝去的
年代的痕迹和我青春的激流。
请别问我那已经不存在的,
别问我有过什么快乐和忧愁,
我爱过什么以及什么背弃了我。
即使我不配尝到充分的快乐,
然而你,姑娘啊,你为幸福而生,
相信它吧,抓住这飘忽的一刻:
你的心还能感于友谊,感于爱情,
　　并为情欲的吻而充盈;
你的灵魂是纯洁的,不知有忧伤,
你的稚气的心和晴天一样明朗。
你何必要聆听我的疯狂和热情底
　　毫无趣味的故事?
它必然会扰乱你平静的神志,
你会流淌眼泪,你的心会颤栗;
那轻信的心灵的潇洒会飞去,
而对我的爱情……也许就会吃惊。
也许,就永远……啊,不,我亲爱的,
我害怕被剥夺这近日的欢情。
请别要我作那种危险的吐露:
今天我在爱着,今天我很幸福。

青年的坟墓[①] 1821

……啊,再也不见他的踪影,
爱情与欢乐养育的娇客;
环绕他的是深沉的梦
和宁静的坟墓的冷漠……

他爱我们的少女的游戏,
他爱看她们自由地转动
在春天树木的阴影里;
但如今,在活泼的圆舞中
已经听不到他的叠唱声。

才多久啊,老人们在一旁
观赏着他的欢乐的景象,
他们带着半忧郁的微笑
在彼此之间暗暗说道:
"就是我们也爱过圆舞,
我们的才智也曾经激荡;
可是等着吧:韶华飞速,
你就会跟我们现在一样;
你啊,世间轻佻的来宾,
人世对你,像对我们一样,
也会冷漠的;任你去欢欣……"

[①] 本诗可能由于诗人的中学同学 H. A. 克尔沙珂夫之死(1820)而引起。

可是，老人们还活得健旺，
他却已在盛年枯萎了；
没有他，朋友们仍在宴饮，
并且已忙于钟爱别人；
少女们谈话时，已经很少
很少把他的名字提起。
在爱过他的美人之中
也许只有一个还在含泣，
并且在经常的思念中
唤起那永眠了的欢愉……
但有什么用？……
在明净的水边，
坟墓聚成平静的一家，
它们在倾斜的十字架下
静静没入古老的林间。
那儿，在大路的一角，
一棵苍老的菩提在喧响，
而可怜的青年安息了，
忘记了内心的忧惶……
黎明的光辉徒然照明，
月亮也白白升上天空，
在无知觉的坟墓周围
树林在低语，溪水潺潺；
在清晨，为了采集藨梅，
少女也枉然手挽着竹篮
走到水边，把畏怯的足
尝试一下水泉的清冷：
唉，任什么也不能将他唤出
那坟墓的平静的阴影……

拿 破 仑 1821

一个奇异的命运终了,
伟大的人已经逝去。
在暗淡的囚居中,沉落了
惊人的拿破仑的世纪。
威武常胜的一代天骄,
受谴责的统治者去了,
去了,被全世界放逐的人,
继承你的时候已经来到。

世界将长久地,长久地
充满你的血写的记忆,
在荒凉的海波中安息吧,
光辉的声名将笼罩着你……
啊,多么壮丽的墓场!
在你的骨灰安歇的瓮上,
人民的憎恨也随着熄了,
而你将闪着不朽的光芒。

曾几何时,你的一群鹰鹫
在受屈辱的大地上翱翔!
曾几何时,到处的王国
在你的威力的霹雳下覆亡;
而你的旗帜,随你的任性,
带着灾难呼喇喇飘扬,
到处,你把专制的重轭

压在各族人民的肩上!

当世界受到希望的照耀,
醒觉于奴役下的黑暗,
高卢人以愤怒的右手
把他们陈腐的偶像推翻;
当暴动的广场的灰尘
覆盖着一个帝王的尸身,
那不可避免的伟大日子,
自由光辉之日正在降临——

那时候,在人民的动乱中,
你预见了美妙的机会,
不顾他们崇高的希望,
你竟然蔑视了人类。
你的胆大而狂妄的心
只相信你的害人的幸福,
那已被推翻的独裁政体
又以幻灭的美把你迷住。

你使那复苏的人民的
青春的狂热又受到束缚,
你使重新苏醒的自由
失去活力,突然又沉默;
在奴隶中间,你尽兴地
满足了你的统治的心愿,
你把欧洲的民军驱上战场,
用桂花点缀了他们的锁链①。

----

① 桂花是荣耀的象征。

法兰西尽管获得了声名,
却忘了她的远大的抱负,
她只能以被俘的眼睛
望着自己的灿烂的耻辱。
你以剑指着丰盛的筵席,
一切在你前面轰然倾倒:
欧罗巴完了——阴森的梦
在她的头上飞翔、缭绕。

啊,一个巨人庄严无耻地
踏上了欧罗巴的胸脯。
蒂尔西特①!(多凌人的地名!
俄国人再也不为它吓住)——
啊,最后一次,蒂尔西特
给傲慢的英雄冠以光荣,
但乏味的和平,安闲的冷寂
使幸运儿的心又在跳动。

狂妄之徒!是谁怂恿你的?
谁支配了你绝顶的聪明?
你大胆而崇高的智力
怎么不理解俄罗斯的心?
全没有料到那伟大的
心灵的火焰,你一味梦幻
我们仍旧要和平,像要赠品;
可是,等你理解已经太晚……

俄罗斯啊,战斗的女王,

---

① 蒂尔西特,东普鲁士的城名。一八〇七年俄皇亚历山大一世在这里和拿破仑签订条约,让出了普鲁士的一半领土。

你记起了昔日的权利!
暗淡吧,奥斯特利兹的太阳①,
伟大的莫斯科呀,奋起!
另一个时代开始降临,
短暂的耻辱不能再拖延!
祝福莫斯科吧,俄罗斯!
拼死决战——就是我们的条款!

他伸出了麻痹的手指
又一次抓起铁的花冠,
可是,他终于,终于完了,
他的眼前已经是深渊。
欧洲的民军四处奔逃!
那为鲜血染红的雪地
已经宣告着他们的覆亡,
融雪化去了敌人的踪迹。

一切像卷入风暴而沸腾,
欧罗巴粉碎了她的锁链,
万邦的诅咒,像是霹雷
追随在暴君的后面。
这巨人看见到处的人民
把复仇的拳头举起:
暴君啊,你予人的所有凌辱
都要如数地还报与你!

无论他所虏获的资财,
还是奇异的胜仗的恶毒,
他都以流亡的内心的苦恼

---

① 奥斯特利兹,地名,在今捷克。一八○五年,拿破仑在此击败俄奥联军。

在异邦的天空下偿付。
他所囚居的炎热的小岛
将会有北国的帆船造访,
远方人会把和解的语言
有时刻记在这个岛石上。

在那里,流放的人放眼海涛,
必曾想起刀剑的响声,
想起北国的冰雪的恐怖,
和自己的法兰西的天空;
在小小的荒岛上,有时候
他会忘了皇位、后世和战争,
只想着,只想着他的爱子,
他的心里悲凉而且沉痛。

还有谁,胸怀异常褊狭
(让我们羞辱这样的人),
在今天,还想以热狂的谴责
烦扰他的废黜的阴魂!
赞扬吧! 他给俄罗斯人民
指出了崇高的命运,
在幽暗的流放里,他死了,
却把永恒的自由遗给世人。

"希腊的女儿"① 1821

希腊的女儿啊！不要哭，——他成为英雄而死去！
　　是敌人的子弹穿进了他的心胸。
不要哭吧——岂不是你自己，在战争的前夕，
　　给他指定了这光荣的流血的途程？
　　那时候，沉重地预感到别离之苦，
　　你的丈夫把庄严的手向你伸出；
　　他噙着泪，祝自己的孩子平安无恙，
　　但自由底黑旗已经在喧响，飘扬。
和阿里斯托吉顿②一样，他用桃金娘的绿叶
缠起利剑，冲进了战斗——是的，他虽然阵亡，
　　却完成了神圣的、伟大的事业。

---

① 本诗所指的战斗是一八二一年希腊人民反抗土耳其压迫的斗争。
② 阿里斯托吉顿，纪元前六世纪的希腊英雄，他兄弟二人刺杀了暴君希巴克斯。死后被希腊人尊为爱国英雄，并将他们所用的剑保藏在桃金娘的枝叶下。

致奥维德① 1821

奥维德,我住在这平静的海岸附近,
是在这儿,你将流放的祖先的神
带来安置,并且留下了自己的灰烬。
你凄切的哭泣使这个地方扬名,
那竖琴的柔情的声音还没有沉默,
直到现在,这国度还充满你的传说。
你给我的脑海里深深地印下了
诗人的幽禁的生活,黯淡的荒郊,
云雾遮蔽的天空,经常的风雪,
以及短暂的阳光所温煦的绿野。
常常地,迷于你忧郁的琴弦的弹唱,
奥维德啊,你多么使我一心向往!
我似乎看到巨浪嬉弄你的大船,
终于,铁锚抛上了荒凉的河岸,
那没树阴的田野,没葡萄的山丘,
残酷的报酬在等待爱情的歌手;
在那雪地里,为战争的残酷而生,

---

① 奥维德(纪元前43—纪元17),罗马诗人,由于他的作品《爱底艺术》和其他涉及宫廷的流言,被罗马皇帝奥古斯达·奥克达维流放到多瑙河口的古斯吞吉,并死于该地。普希金的这首诗有自传性质,以奥维德的流放自比,并表示不愿向皇帝求情。它还承袭了史家的错误推测,认为奥维德流放在比萨拉比亚。普希金很重视这首诗,在给弟弟的信中,他说:"《致奥维德》是怎样的诗啊——我的天,《鲁斯兰》也好,《俘虏》也好,《圣诞节之歌》也好,一切和它相比都算不了什么。"本诗初发表时,最后六行被检查删去。

是寒冷的斯基福①的强悍的子孙,
他们在伊斯特②外潜伏,等待虏夺,
随时都可能袭击和烧毁这些村落。
没有什么能拦阻:他们浮过波浪,
或者毫不颤栗地走在裂响的冰上。
而你(怎能对变幻的命运不惊叹!)
你,从小就蔑视军中生活的动乱,
惯于以玫瑰花冠覆盖自己的头,
在安乐之中让无忧的时光流走;
但如今,你将必须戴上沉重的钢盔,
在惊惧的琴旁,用恶狠狠的剑守卫。
无论忠实的朋友的团聚,女儿、妻子,
或是往日的轻佻的女友——缪斯,
都不能安慰被逐的诗人的伤感。
优美女神给你的诗加了冕:枉然,
青年男女也白白把它们传诵;
无论是岁月、怨诉、忧伤、名声
或怯懦的歌,都不能感动奥克达维;
你的晚年只有在漠然遗忘中枯萎。
啊,金色的意大利的豪华的公民,
在野蛮的异邦,你孤独、默默无闻,
你的身边也听不到祖国的声调,
你满怀悲哀对远方的友人写道:
"哦,让我回到祖先居住的圣城,
回到世袭的庭园中平静的阴影,
朋友啊,请代我向奥古斯达恳求,
请用你们的泪拉回他惩罚的手;
但如果愤怒的大神还不肯罢休,

---

① 斯基福,古希腊人对黑海以北地方的称呼。
② 伊斯特,即多瑙河。

而我终身不得见你,伟大的罗马——
那就最后恳求他减轻我的厄运,
让我的坟和美丽的意大利接近!"
谁的心能这么冷,这样无视优美,
对你的忧伤和眼泪还加以责备?
谁读完这些哀歌,你最终的作品,
能对你留给后世的徒然的悲吟,
还保持粗鲁的傲慢,不感到心悲?

本是严峻的斯拉夫人,我没有流泪,
但我了解你的歌;作为任性的流放者,
对什么都不满意:世界、自己和生活,
如今,我怀着沉郁的心来到这里,
这你曾经度尽凄凉一生的地域。
在这儿,你活跃了我脑中的幻想,
奥维德啊,我默诵着你的歌唱,
并想以那凄凉的图画向四周印证:
可是,观察却和骗人的玄想不同。
你的流放秘密地迷住我的眼睛,
使它想看到北国的凄凉的雪景。
但这儿,天空的蔚蓝久久地明亮,
这儿,冬季风暴的残酷统治不长。
另一些人移居到斯基福的沿岸,
而葡萄,南国之子,紫红得光灿灿。
在俄罗斯的草原,阴霾的十二月
早已给大地铺上厚厚的松软的雪,
冬在那儿呼啸——可是这里却春暖,
明亮的太阳正在我头上滚转;
草原刚一片枯黄,又间杂以新绿,
铁犁早早的已在耕耘自由的田地;
微风难得吹,只在近黄昏有一丝寒,

透明的一层冰正在湖上变暗,
也难得给小溪的流水盖上晶体。
这时候,我记起了你胆怯的经历,
有一天,你翱翔的诗灵这样报道,
你第一次迷惘地以自己的脚
去试探那被冬寒箍紧的波浪……
在我面前,仿佛那新结的冰上
掠过了你的幽灵,而怨诉的声音
自远方传来,像是别离的郁郁哀吟。

请你宽怀吧;奥维德的花冠常青!
唉,在那一群淹没无闻的歌者中,
我的名字将为世世代代所忘怀。
而作为幽暗的牺牲,我薄弱的天才
将随我的虚名和抑郁一生而逝去……
可是,假如我的后裔还把我铭记,
迢迢来到这国度,在靠近名人灰烬
埋葬的地方,寻找我孤凄的遗痕,——
那么,我的幽灵会对此怀着感激,
挣脱那寂灭之岸的寒冷的荫蔽,
而飞向他,我将欣喜于他的追念。
但愿我能给后世留下这传言:
你我一样,为乖戾的命运所困扰,
虽然诗名不等,在遭遇上却是同道。
在这儿,我的琴声溢于北国的荒原,
我飘泊的时日,正当在多瑙河岸
心灵伟大的希腊人把自由唤出;
可是,却没有一个友人听我倾诉,
除了陌生的山岗,田野,沉睡的树林,
还有和煦的缪斯对我有所共鸣。

征　兆 1821

试观察一下不同的征兆:
庄稼人和牧童年纪还小,
看看天,看看西方的阴影,
就会预测刮风或者天晴,
有无五月的雨,润泽幼苗,
有无早霜寒气危害葡萄。
所以,如果有天鹅在黄昏
泼溅着湖面,叫你走近,
或者明亮的太阳遮进了
暗云重重,那你就会知道:
明天必有暴雨声来惊扰
少女的梦,或者就有冰雹
敲打窗户,而早起的农夫
原想割谷里高高的禾谷,
听到风暴声,就不去干活,
又懒懒地倒下迷糊一刻。

讥卡钦诺夫斯基[①] 1821

没有才能而受诽谤,
他以狗嘴去找棍棒,
而要找每天的食粮,
就靠每月一次撒谎。

---

① 卡钦诺夫斯基,《欧罗巴导报》的主编。

给一个卖弄风情的女人① 1821

您也能像忠厚的安妮夏②
那样真心地相信我吗?
您从哪一本小说能看到
荒唐鬼会为了爱情死掉?
听我说吧,您已经三十了,
是的,三十岁——差不多少。
我呢,年过二十,见过世面,
晕头转向也有了相当时间。
发誓和眼泪已经使我暗笑,
各种恶作剧只令人厌烦。
您也一样吧,在您来看,
忘恩负义大概也没味道。
我们都麻木了,要重新学起
对我们已经不很合宜。
我们都清楚:永恒的爱情
它的寿命到不了三个星期。
一起头,我们不过是友人,
但由于偶然和丈夫的疑心,
由于那许多无聊的时光……
我装作爱您,爱得发狂,
您也故意显得那么害羞,
我们起誓了……而后来呢……

---

① 本诗是写给 А. Л. 达维多夫的妻子阿格拉亚的。
② 安妮夏是莫里哀喜剧《女学者》中的天真而单纯的女人。

后来就把誓言抛在脑后！
您爱上克列昂①,爱了一气,
我又把娜塔莎当作知心,
我们分手了:直到如今
一切顺当体面,通情达理,
我们可以相处,不再争吵,
可以平平静静地重归友好;
然而,然而不行！今天早晨,
突然,您染上悲剧的热情,
又演出了历史的陈迹;
您宣扬死去的骑士爱情,
文雅的倾心,嫉妒和忧郁。
请原谅——这我可没有,真的。
我已不是孩子,尽管是诗人。
当我们的生命都近黄昏,
何不把青春的情焰收起——
您给您的大女儿留下,
我给我的顶小的兄弟:
他们尽可以和生命戏耍,
把眼泪给自己的未来积蓄;
他们还适于谈说爱情,
而我们已到诽谤人的年龄。

---

① 克列昂,喜剧中常用的名字。

给 友 人① 1821

别伴装吧,亲爱的朋友,
情场上我魁梧的对手!
竖琴的声音吓不倒你,
你也不怕哀歌的悲戚。
我们和解吧:你不曾嫉妒,
我又过于懒惰而轻浮,
你的美人儿不是傻瓜;
我看到了一切,毫不生气:
她虽然是迷人的劳拉②,
我可不以彼特拉克自居。

---

① 本诗是写给 H. C. 阿列克谢耶夫(1789—1850)的,他是普希金在吉辛辽夫的同事和友人,当时正在追逐 M. 艾赫费尔德,并疑心普希金也在追逐她。
② 劳拉是意大利诗人彼特拉克(1304—1374)在其爱情诗中所崇拜的少女。

给阿列克谢耶夫 1821

我亲爱的朋友,你把我
玄想猜忌得多不公正:
我已忘了爱情的诱惑,
那危险的美色的牢笼;
和艳丽的女儿们交游,
我既懒散而且无意;
我是爱和平的自由之友,
没把她们看成我的上帝。
那倦慵的顾盼,温存的絮语,
已没有魅力来主宰我,
这颗心失去了柔情的颤栗
和生气勃勃的青春之火。
如今对于我啊,钟情很难,
叹息未免难为情而可笑,
系心于奢望是不智的冒险,
骗人家的丈夫很不好。
生命的快乐的节日去了。
我要仿效巴拉邓斯基①
那沉郁的戏谑者,问道:
"是否能找到温柔的伴侣?
是否能找到可靠的爱情?"
我将什么也不去寻觅。
我放弃了幸福底幻影,

---

① 巴拉邓斯基(1800—1844),俄国诗人。

早已隔绝了狂喜的热情,
于是我成了青年朋友的
慎重而可靠的知心。
每当发呆的痴情的恋人
在我面前忧伤地哭泣,
为了他的骄傲的美人
他发誓定要牺牲自己;
每当他在欲念的情火上,
激动地,想要对我说明
一些说不清的模糊的希望——
那既骗人而又甜蜜的梦,
并且紧握着友人的手,
在把谁的嫉妒的丈夫
或讨厌的母亲加以诅咒——
他这种热狂地要人信服,
并且每分钟重复的保证,
我爱倾心地静静聆听,
我借助于别人的生命
而年轻,我会想:在以往,
在很久以前我也是这样。

第 十 诫 1821

不要觊觎别人的财宝,
主啊,你这样对我指令;
但我的能力有限,你知道——
我怎能控制温柔的感情?
我不愿意欺凌朋友,
我不想要他的牛,
我不羡慕他的村庄,
无论他的家园、奴隶、牲口,
我都能平静地观望;
一切福泽都不在我心上。
可是,假如他的女奴妩媚……
天啊,我不能自持!
假如他的伴侣娇美
像是再世的天使,——
哦,公正的上帝!请饶恕
我对友人的福泽的嫉妒。
谁能够主宰自己的心?
谁甘愿去作无益的努力?
怎能够不爱可爱的人?
对天国的幸福怎能不珍惜?
我望着,不禁难过、叹息,
但我会严刻地谨守本分;
我不敢阿谀心头的欲念,
我沉默……让痛苦暗中熬煎。

警 句[①] 1821

格——公爵并不是我的相识。
我没见过这样拙劣的配合；
他由卑鄙和傲慢所配制，
但是他的卑鄙比傲慢更多。
他在酒馆里拉纤，战场上畏缩，
是前厅的小人，客厅的蠢货。

[①] 题名是译者加的。所指的人不详。

献　诗[①] 1821

青年人啊,少男和少女,
请接受一篇新的习作,
这戏谑的缪斯的传奇
你们读来会感到快活,
胜过品达[②]风格的颂诗,
那一页页铺张的文辞;
也胜过那风行过一时
而令人打瞌睡的杂志,
如今它过于粗鲁、沉闷:
与天性相左,它的满纸
想恶毒,却只作到愚蠢[③]。

青年人啊,你们喜爱的
是巴纳斯的秘密花朵,
能使你们稍稍注意的
是放肆幻想的诗歌,
那就请在自己的庭荫

---

① 题名是译者加的,本诗原为普希金的长诗《加甫利颂》的献诗。《加甫利颂》是讽刺教会所谓的圣母"纯净受孕"的诙谐故事诗,因为有性爱的大胆描写而被禁。
② 品达是古希腊的抒情诗人。
③ 以上四行,有不同版本。另一版本为:
　　也胜过那从不知标的
　　而令人打瞌睡的杂志,
　　它只热衷于粗鲁、沉闷,
　　并准时地每两周一次
　　想恶毒,却只作到愚蠢。

藏起我这草率的作品,
以免"愚昧"的手来剥夺,
避开"嫉妒"斜瞥的视线。
啊,是为你们,我把画面、
情思和故事再次撮合,
其中有正经,也有幽默,
我是从地狱的档案里
找出这爱情的滑稽剧……

"要是你对温柔的美人" 1821

要是你对温柔的美人
曾经感到负心的痛惜,
要是你曾使别人衔恨,
想到这罪咎永远惊悸,
要是你难过,记得有人
牺牲在隐秘的痛苦里,
那我就无须在这纸本
留下我的往事的追忆。

给邓尼斯·达维多夫① 1821

骠骑兵歌者啊,你歌唱了
军营,可怕的战斗的游戏,
还有豪迈的宴饮的畅快,
和骠骑兵的拳曲的髭须;

在平静的日子里,你吹落了
你快乐的琴弦上的征尘,
你重整一下琴弦,便唱起
和平的酒瓶,男女的爱情。

我听着你,心就变得年轻;
你的辞句里有一种火焰
对于我如此甜蜜,郁郁地
又将我往日的回忆点燃。

啊,我仍喜爱热情的言语,
对于我,它那缱绻的心曲,
好像在久别不欢的日子,
突然听到友人一样可喜。

---

① 邓尼斯·达维多夫(1784—1839),一八一二年战争中的英雄,又是诗人和军事作家。

献　辞[①] 1821

这儿就是那嬉戏的缪斯，
她的饶舌你曾如此喜爱，
如今，迷于宫廷的调子，
我调皮的姑娘已经悔改；
上帝以其天庭的福泽
荫蔽着她，为了宗教事业
她献出了危险的戏作。
啊，我亲爱的朋友，请别
见怪她这以色列的装束——
请原谅她以往的过错，
既有了神圣印记的保护，
请接受一篇危险的诗歌。

---

① 题名是译者加的。本诗原为《加甫利颂》（普希金的长诗）的献辞，据信是献给阿列克谢耶夫的。

"塔达拉什卡爱上您" 1821

塔达拉什卡爱上您,
　　　为了您的纤足,据说,
他专门置备了一乘
　　　轻便而精致的马车。
难得到我们这儿啦,
　　　唉,这确是太不周到!
都只为了便于您啊,
　　　坐着马车远远地跑。

"最后一次了" 1821

最后一次了,我柔情的朋友,
我来到你的居室中。
在这最后一刻,让我们享受
安静的、欢乐的爱情。
以后,独自悒悒期望也枉然,
请别再暗夜里等我;
啊,在破晓的曙光透露以前,
也不要再点燃烛火。

一八二二年

给巴拉邓斯基① 1822

自比萨拉比亚

这一个荒凉的国家
受到诗人深心的珍重:
杰尔查文歌唱过它,
它充满了俄国的光荣。
直到现在,纳森的诗魂
还寻觅在多瑙河岸上,
还对诗神的养子们
甜蜜的呼唤而翱翔;
我就常常和它一起
闲踏着陡岸边的月色;
可是,朋友,我却更喜于
拥抱你,活着的奥维德。

---

① 巴拉邓斯基(1800—1844),俄国诗人,此时正在芬兰的俄国驻军中,形同流放,因此普希金将他唤作奥维德(被罗马流放的诗人)。

给 友 人[①] 1822

昨天是喧哗告别的一天,
昨天是酒神狂欢的饮宴,
青年的喊叫,酒杯的碰撞,
和竖琴的乐音混成一片。

好吧! 缪斯给你们祝福,
天赐花冠作你们的荫护,
当你们,朋友啊,推重我,
把光荣之杯向我献出。

它的缀满荣誉的镀金
不曾迷蒙我们的眼睛,
俗气的镂工和纹饰
也没有吸引我们的心;

只是有一点让人欣赏:
为了消解豪迈的渴望,
一满瓶酒都可以倾进
这杯中的辽阔的地方。

我畅饮——缭绕内心的思想

[①] 这首诗是赠给诗人在吉辛辽夫的军官友人 B. T. 凯克、B. П. 戈尔恰科夫和波尔托拉茨基弟兄的。酒会是为了送别凯克,席间他们给普希金一只最大的有花饰的行军杯子用以饮酒。

使我飞回到往日里暗伤,
那飞逝的生命的痛苦,
那爱情的梦都浮在心上;

美梦的无常使我好笑;
悲哀在我的面前消失了,
有如在酒液的倾注下
杯中的泡沫就破碎、溶消。

〔俄〕什马里诺夫　作

贤明的奥列格之歌① 1822

贤明的奥列格纠集起讨伐的大军:
  无理的哈沙尔人②引起了他的愤怒,
对他们的进寇,他报以火海和剑林,
  使他们的田地和村庄受到惩处;
这统率大军的公爵,披着沙列格勒的盔甲,
在田野上驰骋,坐下一匹忠实的骏马。

突然,当他路过一片幽暗的森林,
  他看见走来一个相貌灵异的卜人,
这老人对未来的神旨无一不明,
  他一生只供奉可怕的彼隆大神③;
啊,他的一生都用于祈祷和占算。
现在,奥列格就来到老人的前面。

"告诉我,巫师啊,众神宠爱的使者,
  我未来的岁月有什么吉凶?
是否会让邻邦的敌人引以为乐,
  一抔黄土不久就埋去我的一生?
告诉我真实的一切吧,不要顾忌:
我可以把我的爱马酬谢给你。"

---

① 奥列格是十世纪的基辅大公,因为他的智慧和战功而被尊称为"贤明的"。本诗的故事取自克拉姆金的《俄国史》。
② 哈沙尔人是一度寄居俄国南部草原的游牧民族。
③ 彼隆大神是古斯拉夫神话中的雷神。

"占算的术士哪管权势和爵位?
　　公爵啊,你的馈赠对他们也无用。
他们作出的预言都率真而无畏,
　　它只耿耿地忠于上天的旨令。
未来的命运本来藏在渺冥中,
但在你光辉的额际我却看得分明。

"请记住我在此刻所讲的话吧:
　　统领啊,你将有光荣作为安慰;
你的盾会挂在沙列格勒城下①,
　　你的名字将为赫赫战功而永垂:
无论海洋和大陆都将听命于你,
敌人也将嫉妒你奇异的业绩。

"那蓝色的大海,在暴虐的天时,
　　无论扬起怎样险恶的波涛,
无论阴险的匕首,或敌人的箭石
　　都损伤不了胜利者的毫毛……
英武的公爵啊,有凛凛盔甲在身上,
那冥冥的上天会保你安然无恙。

"你的骏马不怕危险的厮杀,
　　主人的心愿它都能一一会意,
它会镇定地站在敌人的箭雨下,
　　或者,听你的指挥在沙场驰骋。
它不怕寒冷,也不怕冲锋和血战,
但你的爱马终于叫你命丧黄泉。"

---

① 奥列格在九〇七年征东罗马帝国比赞廷得胜,将盾牌悬在沙列格勒(即今之君士坦丁堡)的城门上以志胜利。

奥列格微笑着——然而,一刹那,
　　他的前额和目光都变为阴暗。
一手扶着鞍子,他跳下了马,
　　怀着沉郁的思索,默默无言。
像要和忠实的老友分道扬镳,
他颤抖地抚摸着它的鬃毛。

"啊,别了,我的伙伴,我的忠仆!
　　现在,我们不得不道一声珍重。
休息吧!从此,在我未来的征途,
　　我再不会踏上你金黄的脚镫。
别了,快活吧——别把我忘记。
来啊,侍从的朋友,请把马牵去,

"用最软的毛毡给它做衣被,
　　装上马勒,让它去到我的草场;
常给它洗澡,让它到泉边去饮水,
　　拿最好的谷子给它做食粮。"
说罢,侍从立刻把骏马牵开,
并且把另一匹马给公爵牵来。

贤明的奥列格和他的部下——
　　他们在宴饮,酒杯欢快地碰撞,
他们的鬓发像是清晨的雪花
　　在光荣的墓丘顶上闪着银光……
他们谈起了过去,谈起那些战争,
他们怎样一起杀敌,在沙场驰骋,

"我的伙伴在哪儿了?"奥列格问道,
　　"告诉我,我的骏马的近况如何?
它可还好?它可还是那么暴跳?

　　　　它的脚步可还轻捷,它可还活泼?"
然而,回答却是:它伴着一座丘陵,
早已睡在不醒的永恒的梦中。

英武的奥列格不禁垂下了头,
　　　　心里想:"那占卜有什么应验?
啊,昏聩的卜人,你只信口胡诌,
　　　　我早就应该不听信你的预言!
否则,我的马也许至今还为我服务。"
想到这里,他愿意看看爱马的枯骨。

英武的奥列格上了马,走出庭院,
　　　　还有伊格尔王子和年老的宾客
随他来到德聂伯河边,果然看见
　　　　高贵的马骨在丘陵上暴露着;
它受过雨水的冲洗,又蒙上尘埃,
附近丛生着野草,在风中摇摆。

公爵伸出脚来,轻踩着马的骷髅,
　　　　于是说道:"安睡吧,寂寞的伙伴!
你的老主人总算活得比你长寿,
　　　　虽然他的祭席看来也已不远;
不过,终于轮不到你在斧下丧命,
我的骨灰也不至为你的热血浸润①!

"难道这堆枯骨能威胁我的生命?
　　　　难道这里埋伏着我的死亡?"
他正在说着,从死马的头壳中
　　　　一条毒蛇钻出来,吱地一声响,

---

① 当时的习俗:战士如果死了,人们就杀了他的坐骑,和战士葬在一起。

突然像一条黑色的丝带,缠住了
公爵的腿——咬得他痛楚地呼叫。

酒杓在传递,酒冒着泡咝咝作响,
  奥列格的丧礼的祭席正在举行;
伊戈尔王子和奥丽嘉坐在丘陵上,
  公爵旧日的部下在河边宴饮;
这些战士谈起了过去,谈起那些战争,
他们怎样一起杀敌,在沙场驰骋。

给 В. Ф. 拉耶夫斯基[①] 1822

我的歌者,我并不因为
我能以迷人的诗句
捉弄人的微笑和眼泪,
或吸引火热的心而自喜;

我也不自傲于:有时候
我能以狡狯的歌唱
使少女的恐惧和娇羞
不再搅动着她的心肠;

也不自傲于:我以讽刺
鞭挞过腐败和邪恶,
我的竖琴的声音曾使
粉饰的一切吓得哆嗦;

也不因为倔强的灵感,
不因为我青春的不驯、

[①] В. Ф. 拉耶夫斯基(1795—1872)是最早的十二月党人,一八二二年二月因在军队里做政治宣传而被捕。他在狱中写了《致友人》一诗,主要是对普希金,其中有两句是:
　　　　把爱情留给别的诗人去唱吧,
　　　　　在流血的时候,怎能歌唱爱情……
普希金想写诗回答,只写了开头两句:
　　　　　你从那牢狱的幽穴中
　　　　　没有白白地朝我呼唤……
本诗未完成。

受迫害和意志之坚，
自傲于我留名于世人——

不，命运注定给我的
是一种更高贵的报偿：
那是自尊之感的慰藉，
那是白日梦的幻想！
……

给一个希腊女郎① 1822

你怎能不点燃诗人的梦幻,
当你以奇异的东方语言
发出殷勤的活泼的招呼,
又以晶亮的眼睛的闪烁
和这轻佻的撩人的玉足,
使他的心烦乱,为你俘获……
你为了缱绻的柔情而生,
为了激情的狂欢来到世上。
当雷拉的歌者②,以天庭的梦,
描绘了自己永恒的理想,
请问:那折磨人的可爱诗人,
难道他不是在把你描画?
也许,那饱含灵感的受苦人
是在神圣的希腊天空下,
在那远方获知你,像在梦中,
于是在他的心灵的深处
珍藏了你的难忘的形影?
也许是,那魔法师以幻术
在美妙的琴上将你引诱,
你骄矜的心不由得颤抖,
于是你偎依在他的肩上?……

---

① 希腊女郎指卡里普索·波丽赫隆尼,她刚自君士坦丁堡来吉辛辽夫居住。普希金致函维亚谢姆斯基说,她"曾和拜伦吻过"。
② 指英国诗人拜伦。雷拉是他的长诗《加吾尔》中的女主人公。

不,不,我的朋友,我不想
煽动嫉妒的玄想的火焰,
我和幸福已长久地疏远;
而当我再次把幸福品尝,
不禁暗暗为忧思所苦恼,
我担心:凡可爱的都不可靠。

摘自寄 Я. Н. 托尔斯泰函[①] 1822

你还燃烧么,我们的明灯[②],
宴饮和通宵不眠底友伴?
快乐之杯啊,你可还沸腾,
你在嘲世者手中的金盏?
欢愉、诗和维纳斯的良友,
你们可还是一切如旧?
那沉醉的时刻,爱情的良辰,
是否一听到悠闲、自由
与慵懒底召唤就飞临?
在乏味的流放中,我的愿心
每一刻都在嫉妒地燃烧,
只有凭幻想朝你们飞翔;
我幻想,我已看到你们了,
就在那儿,在那好客的地方——
爱情和自由诗神的避难港:
我们曾经彼此誓盟,要永保
我们和这一切的联系牢固;
那儿,我们尝到了友谊的幸福:
那儿,戴着尖帽的,围坐一桌,
岂不是亲切叵爱的"平等";
而酒瓶、谈话、趣闻、顽童的歌,

---

① 雅珂夫·托尔斯泰是秘密政治团体"绿灯社"的组织者。该社在一八二〇年秋停止活动,但普希金在南方还不知道。
② 指"绿灯社"。

都任由专断的意志变更,
我们被酒、笑谑、星火所引着,
辩论的火焰烧得越来越旺!
真正的诗人啊,好像又有
你们醉心的话在耳边回荡……
卡尔梅克①,给我倒杯流星酒,
对我说一句吧:"祝你健康!"

---

① 卡尔梅克,蒙古族之一支。此处指童仆,凡是客人在斗智中输了的,他就给倒酒,并且说"祝你健康"。

给 B. Ф. 拉耶夫斯基[①] 1822

你说得对,我的朋友——我怎能
　　无视慷慨的造化的赋予?
我尝过悠闲,伴过无忧的缪斯,
　　享尽了慵懒的梦的乐趣,

还有荡女的美色,珍贵的筵席,
　　热狂的欢乐的叫声,
以及和煦的缪斯的片刻赠礼,
　　和喧腾的诗名的传诵。

我尝过友谊——并对它献出了
　　青春生命的飞逝的华年,

[①] 本诗是普希金对 B. Ф. 拉耶夫斯基的《狱中的歌者》一诗的答复,但未写完。在该诗中有如下诗行是对普希金说的:
　　哦,黑暗世界的居民,
　　结算一下你逝去的时刻,
　　也许你的末日已近,
　　你的厄运从此夭折!
　　那欢欣——明亮的世界——
　　那无罪的心灵的报偿,
　　你可曾尝到过一些?
　　是什么构成你的偶像?
　　是善,是不牢的名声的轰响?
　　你可曾在少女的眼睛
　　穿过睫毛,读到爱情?
　　可曾看到白日的曙光
　　从你和她的疲倦的梦中?

我信任它，在自由而欢乐的时刻，
　　当酒盅传递在我们之间；

我尝过爱情，它给我的并不是
　　忧伤和绝望的迷惘，
我尝到爱情的沉醉和狂喜，
　　它那美妙迷人的梦想。

在青年们聚谈的欢乐和闹声后，
　　我也有过工作和灵感，
那炽热的情思之孤寂的浪潮
　　甜蜜地涌自我的心间。

然而，一切过去了！——心中的血
　　冷固了，我清楚地看见
世界、生活、友谊和爱情的真相，
　　我憎恨这黯淡的经验。

活跃的性情失去了任何痕迹，
　　灵魂每一刻都更沉静，
它已没有感情。有如轻飘的树叶，
　　冻结在高加索的溪中。

偶像被剥去了迷人的外衣，
　　我只看见丑恶的幻影。
可是如今，为什么这冰冷的世界
　　还烦扰我懒散无感的心灵？

难道在这以前，世界对于我
　　竟如此伟大，如此灿烂，
难道在这可耻的深渊里

我竟享有明朗的心田!

年轻的痴人在这里看到了什么?
　　什么是他的憧憬和追求?
有谁,有谁值得他以崇高的心灵
　　前去膜拜而不愧羞?

我曾经以自由的真理的语言
　　对冷漠的人群宣告,
可是,对于渺小又耳聋的人们
　　高贵的心声反而可笑。
————————

到处不是重轭、刀斧,就是花冠,
　　到处是邪恶或胆怯,
而人不是暴君,就是谄媚者,
　　或是偏见底俯顺的奴隶。

给书刊审查官的一封信[①] 1822

缪斯的阴沉的监守,我长期的迫害人,
今天,我想要和你把事理论一论。
不要怕:我还没有为奢望所陶醉,
并不想对审查制加以鲁莽的责备;
伦敦所需要的,莫斯科还嫌太早。
我们有些什么样的作家,我知道;
他们的思想不会受到审查的迫害,
对于你,他们纯洁的心无须删改。

首先,我得对你老老实实地承认,
你的命运时常引起我的怜悯:
你是赫瓦斯托夫、布宁娜惟一的读者[②]
一切胡言乱语你最精于解说;
忽而荒谬的散文,忽而荒谬的诗歌,
你永远得仔细研究,只为了挑错。
鬼使神差把俄罗斯的文人弄昏:
有谁要把法文的小说译成英文,
有谁要写颂诗,正在流汗和喘气,
又有谁玩笑地给我们写一出悲剧——
这和我们无关;可是你得阅读,生气,
打呵欠,瞌睡一百次——然后签字。

---

① 本诗是写给审查官 A. C. 比鲁珂夫的,普希金二十年代的大部分作品都经过他的审查,诗人把他的审查称作是"一个胆怯的蠢人的专制镇压"。
② 赫瓦斯托夫和布宁娜都是"俄国文学爱好者座谈会"的成员和庸碌的诗人。

因此,审查官是个苦差使;也有时
他很想从阅读中启发一下脑子;
卢梭、伏尔泰、毕冯①、杰尔查文、卡拉姆金
在诱惑他,但是他必须浪费光阴
去看什么撒谎家的新编的胡言,
(因为他有歌唱树林和田野的悠闲),
而且读得失去连贯,还得从头再找;
或者就从贫乏无聊的杂志里划掉
那些粗劣的嘲笑和下流的语言,
不愧是文雅的讽刺家的精心贡献。

但审查官也是公民,他的职位神圣:
他的头脑必须开明而且公正;
他从心里一贯尊敬神坛和皇位,
但不压制言论,也能够容忍智慧。
这个谨守平静、礼仪和风俗的人
自己绝不违犯制定的章程和法令,
他忠于法理,热爱自己的祖国,
他知道怎样使自己担负起职责;
他不妨碍别人追求有益的真理,
也不干预富有生气的诗的游戏。
他与作家为友,对显要也不畏缩,
他明达、坚定、主持正义而且洒脱。

但是你,蠢材和懦夫啊,你对我们
做的是什么?哪儿该用思索去推论,
你就茫然眨眨眼;还没有看懂意思
你就涂抹和割裂词句,你任着性子
管白叫黑,管讽刺叫诬蔑,管诗叫淫乱,

---

① 毕冯(1707—1788),是法国自然科学家,著有自然史。

管库尼金叫马拉①,真理之声是叛变。
决定了,就去它的,恳求也无济于事。
难道你不惭愧吗:在神圣的俄罗斯,
由于你,我们至今看不见书籍?
假如有一天,人们透出事情的真谛,
那么,君王由于爱惜俄国的荣誉
和健全的心智,会让书籍不经过你
而印刷②。俄国也曾留传下一些诗歌:
叙事诗、民歌、哀歌、寓言、联句、八行格,
这都是闲暇和爱情的天真的梦,
是想象之花的昙花一现的留影。
野蛮人啊! 凡是主宰俄国诗琴的歌手,
我们哪一个不诅咒你致命的斧头?
你是讨厌的太监在缪斯中间巡行,
无论趣味,智慧的闪烁,热烈的感情,
"华筵"歌者③的文体,如此高贵、纯净——
怎样都不能感动你冷酷的心灵。
你对一切都侧目而视,投以猜忌,
到处都看到毒素,对一切都怀疑。
放下你的工作吧,它毫不值得赞颂,
巴纳斯不是寺院,也不是忧郁的后庭。
而且,事实是,无论怎样精通的马医
从没有稍减彼加斯过多的火气。
你怕什么呢? 相信我吧,谁要想以
嘲笑法律、政府或风俗娱乐自己,

---

① А. П. 库尼金(1783—1841),皇村中学的教师,他所著的《天然权利》在一八二一年被查禁。马拉是法国大革命时期的革命领袖,曾送许多人到断头台,因此不为普希金所赞许。
② 亚历山大一世曾特许卡拉姆金的俄国史不经审查而出版,这是由于知道该书的一般趋向是忠于君主、忠于专制政体的。
③ 指 Е. А. 巴拉邓斯基(1800—1844),他著有长诗《华筵》。

他绝不会让自己去受你的追究,
他准不为你所知,我们知道那理由——
他的手稿不但不在忘川里沉没,
而且不带着你的签字在世间传播。
巴尔珂夫①的诙谐诗没送给你看;
拉狄谢夫②,奴隶制之敌,躲避审查官;
普希金③的诗篇从没有印刷出版;
何必呢? 就这样也仍旧被人传观。
但你自行其是,在这深奥的时代,
沙里珂夫④几乎是世上的祸害。
为什么你要毫无理由地折磨自己,
折磨我们? 你可读过喀萨琳的训示⑤?
多念念懂吧;你会在那里清楚看出
你的责任和权限:你该换一条路。
在女王的眼里,一个优越的讽刺家⑥
写出了人民的喜剧把愚昧鞭挞;
可是,在宫廷蠢材的狭隘的头脑中,
库杰金竟被看作是和基督等同。
权贵的灾星杰尔查文,在激昂的琴上,
揭露和打击了他们的傲慢的偶像;
海尼采尔⑦微笑着漫然谈说真理;
杜申卡⑧的密友语义双关地打趣,

---

① 伊凡·巴尔珂夫(1732—1768),写淫秽作品的诗人。
② 拉狄谢夫(1749—1802),俄国进步作家,著有《从彼得堡到莫斯科的旅行》等。
③ 指普希金的叔父,他著有《危险的邻居》。
④ П. И. 沙里珂夫(1768—1852),他写有一些多愁善感的爱情诗,成为嘲笑的对象。
⑤ 《训示》成于一七六六年,对立法和司法有所规定,充满当时的进步精神,但喀萨琳实际上未曾执行。
⑥ 指冯维辛及其喜剧《纨袴少年》。库杰金是该剧中一个教会学校的学生。
⑦ 伊凡·海尼采尔(1745—1784),俄国寓言作家,克雷洛夫的先驱者。
⑧ 指 И. Ф. 波格丹诺维奇的长诗《杜申卡》中的主人公。

还有时让维纳斯体无遮盖地出现——
他们谁也没受到审查官的留难。
你有点皱眉了:你认为,在今天
他们可不能这样容易和你敷衍?
是谁的错呢? 一个正义标在你面前:
那是亚历山大朝代的美好的开端①。
打听一下吧:那时候印刷过一些书。
在心智的事业上,我们不能退步。
我们正当地羞愧于往昔的愚蠢,
难道我们再要回到以往那时辰②——
让人们没有谁敢叫一声"祖国",
无论人或书刊都在奴役中过活?
不,不! 俄罗斯卸下了愚昧的重载,
它已经逝去了——那戕毒的年代。
既然卡拉姆金获得了荣誉的花冠,
那绝不能是蠢材做了审查官⋯⋯
改改吧:明智些,别和我们为难。

你说了:"一切说得对,我不和您争辩;
可是,审查官怎能够凭良心考量?
时而这个,时而那个,我不得不宽放。
自然,您觉得可笑——我常常一面读
一面哭,又画着十字,碰运气乱涂——
一切都有个时尚;过去,比如说,
我们很尊敬伏尔泰、边沁、卢梭,
但现在,连米洛③都落在我们网里。

---

① 亚历山大一世执政初期有自由主义倾向,当时出了一些书,以后又被禁。
② 一七八七年巴维尔禁止使用十三个有革命含义的字,其中之一即"祖国"。
③ 米洛(1726—1785),法国作家,他所著的世界史译成俄文,因其中对教会政权有否定的解释,为俄皇的检查官所干预。

我是个可怜人,还有妻子和儿女①……"

你有妻子和儿女,朋友,那真不幸:
我们一切龌龊的行为都由此产生。
可是没法子;好了,如果你不能
小心翼翼地赶快滚回家中,
如果沙皇还必须要你来服务:
至少,你该雇一个聪明的秘书②。

---

① "还有妻子和儿女"引自克雷洛夫的寓言《农夫和死》。
② 这句话引自克雷洛夫的寓言《预言》。

给一个异国女郎 1822

我以你们不懂的语言
给你写下赠别的诗句,
可是,我却如意地盘算:
但愿能邀得你的注意;
我的朋友,在离别时期,
我要摒绝情感,却不消沉,
因为我将继续崇拜你,
朋友啊,只崇拜你一个人。
你尽可注视别人的脸吧,
但请只信任我这颗心,
一如你以前信任过它,
尽管不理解它的激情。

"令人神往的昔日底知己"[①] 1822

令人神往的昔日底知己,
我忧郁的虚构游戏的友人,
我在生命的春天结识你,
它充满了最早的梦和欢欣。
我等着你,黄昏那么幽静,
你来了,一个快乐的老婆婆,
穿着短袄,戴着一副大眼镜,
手拿玩具铃,在我旁边落坐。
你一面把摇篮摇来摇去,
一面唱歌,迷住我幼年的耳朵;
你在襁褓中留下一支芦笛,
它从此受到了你的蛊惑。
啊,幼年逝去了,像轻飘的梦,
这无忧的少年受过你爱宠;
在庄重的缪斯中,他只忆起你,
于是你悄悄地叩问他的幽居。
但那是否你的形象,你的装束?
你多么美丽,变得多么迅速!
你的笑里有怎样的火焰!
殷殷的目光闪着多少情意!
你的外衣像不驯的波浪翻卷,
勉强遮盖着你轻灵的躯体;
一个迷人的仙女,披着鬈卷,

---

① 本诗所写的是普希金的乳母阿琳娜·罗吉奥洛夫娜。

394

在琥珀珠链下,你洁白的胸
泛着红色,轻轻地颤动……

给 Ф. Н. 格林卡[①] 1822

当我在狂欢生活的一瞬
突然得到被流放的消息,
我看到那一群作乐的人
怯懦的自我主义之可鄙。
没有泪,而是怀着愤慨,
我离开了筵席的花冠,
和阿芬娜[②]的谈笑的华彩。
但你的声音却把我慰安,
啊,你心灵博大的公民!
即使命运再加我以迫害,
即使友谊对我变了心,
一如爱情已把我抛开,
在流放中,我将会忘记
那些凌辱底无理的决裁;

[①] Ф. Н. 格林卡(1786—1880),俄国诗人,"幸福同盟"和"绿灯社"的成员。在沙皇当局拟将普希金流放到西伯利亚的时候,他热烈地为普希金奔走;在一八二〇年九月,当普希金的《鲁斯兰和柳密拉》问世的时候,他在《祖国之子》杂志上发表了一首献给普希金的诗,本诗即其答复。那首诗里有几句涉及普希金的流放:
  普希金啊,普希金!谁教给你
  以奇异的诗句迷人的心?
  是哪一位天庭上的居民
  在你幼年时期就钟爱你?……
  命运和苍老的时间不值得
  你来害怕,年轻的歌者!
  一代人的痕迹将消逝无踪,
  但才能不会死,天才将永生!……

[②] 阿芬娜是希腊神话中司智慧和学问的女神。

它们都不足道,只要你,
阿里斯蒂得①啊,认为我
所做的一切并没有错。

---

① 阿里斯蒂得,纪元前五世纪至纪元前四世纪的希腊政治家,被人认为是正直和公理的榜样。

给阿捷里① 1822

玩吧,阿捷里,
别理睬忧郁;
列尔和哈里特②
给你戴了花冠,
并且在摇着
你的摇篮;
你的春天
平静而明亮,
是为了快乐
你来到世上;
快点吧,快把握
这欢乐的一刻!
把少年的光阴
都交给爱情,
在世人的纷纭里,
你爱吧,阿捷里,
爱我的芦笛。

---

① 本诗是写给 А. Л. 达维多夫的十二岁的女儿的。
② 列尔是爱和婚姻的神。哈里特是美与快乐的女神。

囚　徒　1822

我坐在阴湿牢狱的铁栏后。
一只在禁锢中成长的鹰雏
和我郁郁地做伴；它扑着翅膀，
在铁窗下啄食着血腥的食物。

它啄食着，丢弃着，又望望窗外，
像是和我感到同样的烦恼。
它用眼神和叫声向我招呼，
像要说："我们飞去吧，是时候了，

"我们原是自由的鸟儿，飞去吧——
飞到那乌云后面明媚的山峦，
飞到那里，到那蓝色的海角，
只有风在欢舞……还有我做伴！……"

讥 A. A. 达维多娃[①] 1822

有人由于黑髭须和马靴
赢得我的阿格拉亚的心,
另一个由于有钱——我理解,
还有一个,因为是法国人;
克列昂以机智使她惊讶,
达密斯——因为会唱情歌。
那么,请问,我的阿格拉亚,
你丈夫凭什么将你获得?

---

① 阿格拉亚·安托洛夫娜·达维多娃(1787—1847),А. Л. 达维多夫(十二月党人之兄)的妻子,原籍法国。普希金在卡敏卡认识她,曾写了几首警句讽刺她的行为。

讥兰诺夫① 1822

糊涂虫，由你唠叨谩骂吧，
你绝不至惹我打你嘴巴。
唉，我糊涂透顶的兰诺夫，
你那得意洋洋的脸庞
太像一个村妇的屁股，
只要求用膝盖把它顶撞。

---

① И. Н. 兰诺夫是吉辛辽夫的一个年老而肥胖的官吏，他常和普希金争吵。

警 句[①] 1822

克莱丽莎钱太少,
你阔,去和她行婚礼;
她本来应该富豪,
绿帽对你也很适宜。

---

① 题名是译者加的。

一八二三年

小　鸟　1823

在异邦,我虔诚地遵守着
祖国的古老的风俗:
在春天一个明朗的节日①,
一只小鸟被我放出。

我开始感到一点欣慰;
为什么对上天埋怨不休?
至少,这是一个生灵,
我能赠给它以自由!

---

① 每年三月二十五日,俄国人民按照宗教习俗,把一只鸟从笼子里放走。

"今天我一早" 1823

今天,我一早就坐在家中
等着你来,我亲爱的朋友。
我要陪你把甜酒喝一盅,
来吧,让我们一切照旧。
去到塔吉夫,那科姆的娇宠①,
又是厨房灶边的上将军,
不愧获得那么多友谊和歌颂,
满足了伪君子,谈笑客,诗人——
想想塔吉夫,把柯林古尔②
喂得多胖,又榨他不少油水,
还为了未清的债被警察追踪;
不过塔吉夫确有无穷的智慧,
作出一手好法国菜和馅饼。

---

① 塔吉夫是法国厨师,一八一二年以前在彼得堡开饭店以后,破产,去到敖德萨,又到吉辛辽夫做厨师。科姆是宴会之神。
② 柯林古尔是法国驻俄国的外交官,塔吉夫当过他的厨师。

怨　言[①] 1823

您的祖父是裁缝,您的叔父
是厨夫,而您呢,时髦的先生,——
人们如此说,但我并不奇怪,
何止您一个人这么有幸!
唉,在我的祖先中,谁肯为我
(我,一个高贵门第的后代)
白白做一套时式的礼服,
或者炒一盘午餐的大菜?

---

① 这首诗讽刺一个在外交部任职的名叫 Д. П. 西维林(1781—1865)的人。他装作贵族,曾经是"阿尔察玛斯文学会"的成员。

"翻腾的浪花" 1823

是谁,翻腾的浪花啊,把你阻留,
谁用铁链扣住了你猛力的奔跑,
是谁把你激荡澎湃的巨流
引到一摊浊水里,默默地歇了潮?
是谁的魔杖一下子幻化尽
我所有的希望、悲哀和欢乐,
并且使我热狂的心灵和青春
沉沉地睡去,充满了冷漠?
欢跃吧,风,把这一池水掀起,
快来摧毁这扼制我的堡垒——
雷呀,自由的信号,你在哪里?
让你的霹雳飞驰过这摊死水。

夜　1823

为了你，我的歌声悒郁而且缠绵，
它激荡在这幽深而寂静的夜晚。
在我床前，一支蜡烛凄清地烧着，
我的诗句淙淙地流出和汇合：
啊，爱情的溪泉，它充满你的形象；
在黑暗中，你的眼睛对我闪亮，
你在对我微笑——而且我听见了声声低语：
我的朋友，我的爱……我是你的，我爱你！

"大海的勇敢的舟子"[①] 1823

大海的勇敢的舟子,我多么羡慕你
生活在帆影下,在风涛里直到年老!
已经花白了头,是否你早已寻到
平静的港湾,享受一刻安恬的慰藉?
然而,那诱人的波浪又把你喊叫!
伸过手来吧:我们心里有同样的渴望。
让我们离开这颓旧的欧罗巴的海岸
去漫游于遥远的天空,遥远的地方。
我在地面住厌了,渴求另一种自然,
让我跨进你的领域吧,自由的海洋!

---

① 这首诗反映了普希金流放期间的苦闷心情,他想逃往海外,离开"颓旧的欧罗巴"。

摘自致维格里函[①] 1823

该诅咒的吉辛辽夫城!
人们已骂得你舌敝唇干。
啊,总有一天,天雷的轰击
会打到你那罪孽的屋檐
和污秽的家——不留下痕迹!
瓦尔弗罗美[②]的高楼华屋,
犹太人的脏污的店铺,
都要在火里坍塌、毁灭:
是的,假如你相信摩西,
索多姆[③]岂非就如此遭劫。
可是,我不敢把吉辛辽夫
和那可爱的小城相比,
我把圣经读得相当熟,
何况奉承——我也不愿意。
你知道,索多姆的特点
不止于是斯文的罪过,
还有开明,还有酒宴,
还有那家家的好客
和美丽放荡的少女!

---

① Ф. Ф. 维格里(1786—1856),普希金的友人,他约普希金自敖德萨去吉辛辽夫一游,本诗为普希金复信的一部分。
② Е. К. 瓦尔弗罗美是比萨拉比亚的地主。吉辛辽夫的青年们常在他家里聚会和跳舞。
③ 索多姆,《圣经》中记载的巴勒斯坦的城市,据称因繁华和荒淫而激怒上帝耶和华,毁于血雨及地崩中。

很可惜,耶和华的愤怒
使它过早地遭到雷击!
假如我受着上帝保护
在灿烂荒淫的上流社会里,
又是宗教会议的人士,
我多么愿意在《旧约》里的
那个巴黎,虔诚地度过一世!
可是,你清楚,吉辛辽夫
既找不到美妙的夫人,
也没有拉皮条①的和书贾。
真叫我可怜你的命运!
我不知道,是否在傍晚
有三个美女②到你房间;
不过,无论如何,我的友人,
只要有空,我就去看你;
我乐于为你服务,无论以
诗歌、散文或整个的心,
只是,别打我屁股,维格里。

---

① 可能戏指与缪斯的幽会。
② 可能戏指三位格拉茜女神。

"狡狯的魔鬼" 1823

有那么一个狡狯的魔鬼
扰乱了我安适的愚昧,
它把我的生存永远霸占,
和它自己的捏合到一起。
我开始用它的眼睛观看,
生命对于我一无可取;
我的心灵所发的声音
和他不明爽的话共鸣。
我清醒地阅世而诧异,
难道以前,这世界对于我
竟显得如此伟大和美丽?
说吧,年轻的梦想者,
你在寻找什么?追求什么?
你能够热烈地崇拜谁
而不感到内心的惭愧?
于是我观察所有的人,
只见他们卑鄙而又傲慢,
永远近乎邪恶的愚蠢,
一群残酷而浮躁的法官。
他们忙忙碌碌,冷酷无情,
而又胆怯;就在这群人前,
那高贵的真理的声音
变为可笑,古昔的史实枉然。
但你们是对的,聪明的人民,
自由的呼声有什么必要?

牲畜不需要自由底礼品；
它们该被屠宰，或者被剪毛。
它们代代所承继的遗产
是带响铃的重轭和皮鞭。

"当我年幼的时候" 1823

我曾经幼稚地怀抱着甜蜜的希望:
只要我相信:我的心灵,有那么一天,
会逃开生命的腐蚀,把永恒的思想,
记忆和爱情,都带过无底的深渊,——
我发誓!我早就该和这世界一刀两断:
我会把生活撕碎,打翻那丑陋的偶像,
并且向自由、快乐的彼岸轻轻翱翔;
在那儿,既没有死亡,也没有偏见,
只有思想在纯净的天空中浮荡……

然而,我空自沉湎于这骗人的梦想;
我的理性异常固执,它蔑视希望……
只有虚无等待着我,在坟墓的那边……
怎么,只是虚无!没有思想,也没有初恋!
多么可怕!……我又悲哀地把生活审视,
我开始希望长生,只为了美丽的形象
能不熄灭,在我悒郁的心中久久珍藏。

恶　魔[①] 1823

以前,日常生活的一切感应
对于我是那么强烈、新鲜,
无论少女的顾盼,树林的声音,
或是深夜里夜莺的鸣啭;——
那时候,种种高贵的感情:
自由、光荣、爱、艺术的灵感,
都那么有力地使血液沸腾;
但充满希望和激赏的时刻
却被突然的忧伤投下了暗影:
不知哪里一个邪恶的精灵
那时候开始偷偷地访问我。
我们的遇合实在令人痛心:
啊,他的微笑和他刻毒的话,
他的刺人的奇异的观察,
给我心里灌注了寒冷的毒鸩。
他总是以无穷无尽的诽谤
勾引我的预见未来的眼睛;

[①] 普希金的同时代人以为"恶魔"是描写 A. H. 拉耶夫斯基以及他和普希金之间的关系的。普希金以第三者的口吻写了下面一段话,驳斥了这种看法。他说:"有些人甚至指出,普希金想在这首奇怪的诗里描写哪个人。这看法似乎是不正确的;至少我以为,'恶魔'有着一个比这更高贵的目标。在生命的黄金时期,没有被经验浇冷的心会感到美。它是轻信的,柔情的。可是现实中永恒的矛盾,渐渐使他心里滋生了怀疑,产生一种痛苦而不能持久的感情。心灵的最优美的希望和诗意的偏见消失了,心也随着死去了。伟大的歌德不是没有理由地把人类的永恒敌人叫作'否定的精神'。普希金可能想以恶魔拟人化这种'否定或怀疑'的精神吧。"

他把美叫作空洞的幻想；
他蔑视灵感，不相信自由、爱情；
他是这样讥讽地看待人生——
在自然界，竟没有一件事物
这恶魔愿意给予他的祝福。

"你可会饶恕"① 1823

你可会饶恕我嫉妒的猜测,
我的爱情的狂暴的波澜?
你是忠实于我的,为什么
却又总喜欢使我虚惊颤颤?
当成群的倾慕者趋献殷勤,
为什么你总故作爱娇、妩媚,
你美妙的一瞥,忽而脉脉含情,
忽而哀愁,使一切人想入非非?
你主宰了我,迷住我的理性,
确信我不幸的爱情已属于你;
难道就没有看见,在那一伙
热狂的人中,我谁也不理,
只默默苦于孤单自处的怒火?
你对我没有一句话,不看一眼……
啊,残酷的人儿!即使我
要跑开,你送别的目光也不见
惊恐和恳求。即使有美丽女郎
和我暧昧地交谈,你仍旧安详;
你的责备是快活的,在那里
没有爱情,使我全身都冻僵。
再请告诉我:我那永远的情敌
为什么要狡狯地向你招呼,

---

① 本诗是写给阿玛利亚·里兹尼屈(1803—1825)的,她是意大利人,商人之妻,普希金在敖德萨结识了她。

每当他遇到你我单独在一起？……
他对你算得什么？他苍白、嫉妒；
请问：从哪儿说，他有这权利？……
在夜晚和黎明间那避嫌的钟点，
孤单地，母亲不在，衣履不全，
为什么你还必须把他请进门？……
但你是爱我的……和我在一起，
你是这样的温柔！你的亲吻
是这样火热！你的爱情的蜜语
多么充满了你真挚的灵魂！
我的折磨在你觉得滑稽；
啊，你是爱我的，我了解你；
可是，我亲爱的朋友，请别
再折磨我吧，我向你恳求：
你不知道我爱得多么热烈，
你不知道我多么痛苦、难受。

"我是荒原上自由底播种者"[①] 1823

> 一个撒种的出去撒种
> ——马太福音

我是荒原上自由底播种者,
早在晨星出来前,我就操作;
我把富有生命的自由之种
以洁净而无罪的手散播
在奴隶所耕耘的田垅中——
然而,我不过白白浪费时间,
这善意的思想和工作枉然……

吃你们的草吧,和平的人民!
你们不会响应光荣的号召。
为什么要把自由赠给畜生?
他们该被屠宰,或者被剪毛。
一代又一代,他们承继的遗产
是带响铃的重轭和皮鞭。

[①] 这首诗是由西班牙革命的失败引起的。革命领袖艾戈和吉罗加率领人民起义,迫使菲迪南实行立宪,但不久由于法国军队的镇压而失败。

给 M. A. 葛利金娜郡主[①] 1823

很久以来,对她的忆念
深深珍藏在我的心坎,
她在一刹那间的垂青
成了我的长久的慰安。
我默念着我的那诗篇,
那被她倾慕的悒郁之音,
她这样亲切地沉吟一遍,
定是感染了她的心灵。
如今,她又同情地听到
这眼泪与隐痛底竖琴——
并且,她向它传送了
自己的迷人的声音……
够了!在骄傲的心情下
我将要感念地想到:
我的诗名该归功于她——
甚至我的灵感的浪潮。

[①] M. A. 葛利金娜是苏瓦洛夫的孙女,著名的音乐爱好者。普希金感念她把他的诗歌唱了出来。

生命的驿车 1823

有时候,虽然它载着重担,
驿车却一路轻快地驰过;
那莽撞的车夫,白发的"时间",
赶着车子,从没有溜下车座。

我们从清晨就坐在车里,
都高兴让速度冲昏了头,
因为我们蔑视懒散和安逸,
我们不断地喊着:快走!……

但在日午,那豪气已经跌落;
车子开始颠簸;我们越来越怕
走过陡坡或深深的沟壑,
我们叫道:慢一点吧,傻瓜!

驿车急驰得和以前一样,
临近黄昏,我们才渐渐习惯,
我们瞌睡着来到歇夜的地方——
而"时间"继续把马赶向前面。

摘自致 B. П. 葛尔恰科夫函 1823

冬天以松软的墙壁
拦住我到门口的路；
目前我还没什么主意
把一条小径用脚踏出，
只好悠闲地坐在家里；
可是，好友，请你牢记，
我们的瓦尔弗罗美①
礼拜一那天的约会。

---

① 瓦尔弗罗美，见《摘自致维格里函》(1823 年)。

给 M. E. 艾赫费尔德[①] 1823

　　智慧的闪耀,衣冠的优雅,
　　都不能使您倾心、沉迷;
　　只有您的堂兄弟们呀
　　才知道俘获您的秘密!
　　您使我的心平静不下,
　　可是您对我并不属意。
　　我惟一的希望是左娅,
　　和她结婚:做您的亲戚。

---

① 艾赫费尔德是吉辛辽夫—文官之妻,普希金友人阿列克谢耶夫曾追逐她。包围她的青年们都号称为她的堂兄弟。左娅是她的侄女。本诗是写在她的纪念册里的。

"我们的心是多么顽固"

我们的心是多么顽固!
……不久以前
我又为爱情感到痛苦,
求你把我的恋情骗一骗,
使虚假的温柔与同情
流入你那美妙的顾盼,
好耍弄一下我俯顺的心,
给它灌注毒汁和火焰。
啊,你同意了,便以柔情
润泽了你倦慵的眼睛;
你的面容庄重而悒郁,
你那荡人神魂的谈心
时而温柔地撤去藩篱,
时而又对我加以严禁,
这一切不可避免地
在我心深处留下了印记。